Une jeune fille au sourire fragile

DU MÊME AUTEUR
AUX MÊMES ÉDITIONS :

Dans la collection Présence du Futur

Fœtus Party
Canyon Street
La Guerre olympique
Mourir au hasard

Dans la collection Sueurs froides

La Nuit sur Terre
Noires racines

PIERRE PELOT

Une jeune fille au sourire fragile

DENOËL

Ce roman a fait l'objet d'une première publication
aux Éditions Patrick Siry en 1988.
Il a été sensiblement revu et augmenté
pour la présente édition.

73/75, rue Pascal - 75013 Paris
ISBN : 2-207-60020-3
B 2-60020-2

DÉCEMBRE 1987

Vendredi 11

Et dans moins de quinze jours, se disait-elle, ce serait Noël. Elle ne parvenait pas à y croire, ni même à se faire vraiment à cette idée.

C'était quelque peu différent des autres années. D'ordinaire, elle détestait cette période des fêtes — comme une espèce de grand fleuve de lumières dans lequel vous vous retrouvez fatalement emportée malgré vous : vous avez beau tout faire pour vous en défendre, c'est inutile et parfaitement inefficace... à moins de vous exiler pour un temps en plein cœur de quelque désert, et encore... Mais là, oui, pour une fois, c'était quelque peu différent.

D'abord, il y avait cette crevasse noire dans le temps, cette faille profonde de laquelle elle venait de s'extraire et qui fatalement changeait tout. Le paysage n'est jamais tout à fait le même de l'autre côté du précipice, quand vous l'avez franchi. Fatalement.

Ensuite, le soleil. Le soleil et le ciel bleu qui, pour un 11 décembre, ne paraissaient vraiment pas à leur place. Un climat de printemps, comme si une herbe verte, tendre, toute neuve, se préparait à croître sous les tons fanés et brûlés des prés ; comme si les bourgeons n'en avaient plus que pour quelques jours avant de saupoudrer ces brumes moutonneuses et violacées qui bordaient les coteaux ainsi que les forêts et bosquets de feuillus dégarnis. Nulle part, la moindre trace de neige.

Dans la ville qu'elle avait quittée, dans la gare où elle avait attendu sa correspondance pendant une demi-heure, l'air était doux, ni humide ni sec ; simplement d'une belle et bonne douceur.

Pour tout bagage, elle avait un sac de voyage en cuir fauve, que son galant voisin de banquette s'était offert de hisser dans le filet, et qui contenait les magazines achetés à la gare. Mais elle ne tenait pas à déranger son galant voisin ; elle ne tenait pas à faire quoi que ce soit qui aurait risqué de provoquer un contact, un début de conversation peut-être.

Elle se pressait contre la vitre et regardait filer le paysage de ce vendredi 11 décembre déguisé en printemps. Quand le soleil fut couché, elle repoussa les plis en accordéon du rideau qu'elle avait partiellement déployé environ une heure auparavant.

Le train roulait ; sa sourde chanson de fer vibrait en elle.

Plusieurs fois, elle ferma les yeux, se laissa glisser, dut somnoler un peu. Elle était tirée de l'engourdissement par des voyageurs qui passaient dans l'allée centrale pour se rendre aux toilettes ou au bar, et le bruit pneumatique des portes qui s'ouvraient et se refermaient à l'extrémité du compartiment.

Elle se sentait bien, aussi bien que possible — il y avait longtemps qu'elle ne s'était sentie aussi bien, c'était sûr. Elle espérait se sentir mieux encore dans les heures à venir... et les jours. Elle voulait y croire. De toutes ses forces revenues, elle voulait y croire.

Elle se demandait comment il la trouverait, comment il prendrait la chose. Comment il réagirait.

C'était au moins autant pour lui que pour elle qu'elle avait fait cela. Pour eux. Il n'y avait pas de raison (elle n'en voyait aucune) pour qu'il prît mal la chose. Ou alors, ce serait un prétexte, un de plus, et définitif — et significatif, celui-là. Le signe qu'il n'y avait plus rien à faire. Que c'était vraiment fini.

Et dans ce cas, même, elle se sentait la force, quelque part au fond d'elle, de supporter la chose.

Elle n'aurait pas su dire sa préférence.

Elle avait maigri, et ses cheveux avaient poussé. Bien sûr, elle aurait pû attendre encore un peu, juste quelques jours. Ou simplement un jour. Le temps de passer chez son coiffeur, par exemple, et de... Mais non. Elie avait suffisamment triché.

Dans son ensemble de cuir noir, jambes croisées, assise dans l'angle de la banquette du compartiment contre la vitre, elle regardait courir le paysage faussement printanier, et elle imaginait son expression quand il la verrait, elle imaginait ce qu'il dirait... de loin en loin, ses pensées provoquaient une amorce de sourire sur ses lèvres charnues légèrement maquillées. Elle sortait de sa poche un paquet de Camel et fumait une cigarette — c'est-à-dire qu'elle en tirait deux ou trois bouffées et la laissait se consumer entre ses doigts, avant de l'écraser dans le petit cendrier de l'accoudoir qu'elle repoussait ensuite, et qui se rétractait avec un petit grincement, un petit claquement sec.

Quand le train s'immobilisa en gare de l'Est, son galant voisin, sans un mot, avec juste un petit sourire aimable rapide, lui descendit son sac de voyage du filet. Elle l'en remercia du même genre de léger sourire. Elle aussi sans un mot. Songeant : « Comme ce serait bien si les gens pouvaient se contenter de communiquer de cette façon-là, sans ouvrir la bouche à tort et à travers. »

Pendant quelques secondes, elle se sentit légèrement perturbée par la foule de la gare. Ces bruits, cette bousculade tranquille, ces va-et-vient qui poussaient tant de gens vers des directions précises (parfaitement mystérieuses pour l'observatrice qu'elle découvrait en elle)... Elle n'était plus habituée à la foule. Un mois suffit amplement pour vous faire croire qu'une réalité coutumière peut, finalement, n'être qu'illusion, facilement oubliée... mais quelques minutes suffisent, également, pour se retrouver dans un élément très ordinaire.

Elle prit un taxi. Le chauffeur était une femme carrée qui fumait des gitanes et ressemblait à Marguerite Yourcenar — la faconde caractéristique des chauffeurs de taxis parisiens en plus — et trouva le moyen de lui raconter une bonne partie de sa vie pendant le trajet...

Ici, on ne pouvait douter de l'imminence de Noël, dans cette débauche de lumières et de décorations lumineuses qui formaient, sur certaines avenues, une véritable voûte.

Le sosie de Yourcenar, gitane au bec, extirpa son sac du coffre (avec autant d'effort apparent que s'il s'était agi d'un balluchon de plume), et lui souhaita de bonnes fêtes de fin d'année. Elle dit : « Merci, vous aussi.

— Moi ? dit la femme carrée en retournant à son volant. Ça va être la corrida des soiffards ! »

Elle regarda s'éloigner le taxi en direction de la place de l'Étoile.

Un moment, elle attendit là, sur le trottoir de la rue pentue et vide. Pratiquement vide. Les voitures coulaient par grappes et, en bas, passaient le feu en trombe. Un homme coiffé d'une toque de fourrure sortit d'une maison, tenant un chien en laisse.

Elle saisit son sac et fit les quatre pas qui la conduisirent à la porte close. Ça lui était arrivé quelquefois d'oublier son code d'entrée, mais pas ce soir. Elle s'en souvenait parfaitement.

Dans l'ascenseur, ce fut comme si elle avait quitté cet endroit la veille, ou même pas : quelques instants auparavant. Souvent, quand elle s'était absentée quelques jours, les retrouvailles avec la cage moquettée de beige étaient bien plus marquées, plus pénibles aussi.

Les portes de l'ascenseur se refermèrent derrière elle.

Elle avait pris la décision de ne pas utiliser ses clefs. Pendant le trajet dans le train, elle s'était imaginée sonnant, puis attendant... puis la porte s'ouvrait, et... Mais au dernier moment elle changea d'avis. Elle fit exactement le contraire de ce qu'elle avait mis des heures à décider en imagination — et pas seulement des heures, mais des jours, car elle avait commencé ce jeu bien avant de se retrouver dans le train du retour.

Les clefs tournèrent dans la serrure. Elle ouvrit la porte, la poussa. Elle entra et remit les clefs dans sa poche. Repoussant la porte silencieusement, elle souriait.

Une musique douce planait dans l'appartement. Un bruit de fond bien suffisant pour couvrir les crissements légers de son vêtement de cuir, quand elle posa son sac dans l'entrée, quand elle marcha vers le living.

Dans l'instant, elle ne vit pas ce qu'il y avait de changé dans le décor. Elle n'y prêta pas attention.

Elle le vit, lui, assis à la table — un panneau de bois compressé laqué en noir posé sur deux tréteaux métalliques —, penché sur son travail. En train de lire et de prendre des notes.

« Jean-Michel », dit-elle.

Elle avait prononcé le prénom d'une voix douce ; elle ne voulait pas le faire sursauter, ni le surprendre trop fort.

Il se retourna lentement, comme quelqu'un qui croit avoir entendu un bruit et qui...

« Bonjour », fit-elle. Puis se reprenant : « Bonsoir... »

Et rien — vraiment rien — ne se déroula comme elle l'avait imaginé. Car si elle avait bien pensé qu'elle l'étonnerait, elle n'avait pas envisagé un quart de seconde que la vulgaire surprise pût basculer aussi vite dans cette expression terrible de complet effarement, de stupéfaction absolue... et de là glisser vers la terreur.

Il devint littéralement livide. Ses yeux s'exorbitèrent, sa bouche s'ouvrit sur un gouffre de silence noir.

« J'ai tellement changé ? » s'entendit-elle prononcer.

Il se leva, lentement. Trop lentement pour que ce fût vraiment lui, sa volonté propre et consciente, qui animait son corps. Il se leva et il marcha vers elle.

A deux pas, il s'immobilisa. Ses paupières cillèrent enfin. Sa bouche se referma, lèvres exsangues, se rouvrit.

« Kate ? » dit-il.

Comme si, là encore, ce n'était pas sa véritable voix.

Comme si le mot était prononcé par quelque chose exprimant mille fois plus que la stupéfaction atterrée qu'un homme fût capable de contenir.

« Bien sûr », dit-elle.

Elle eut le temps de voir se défaire le visage de Jean-Michel Morrican, ses traits littéralement tordus par la douleur et l'expression de l'innommable. L'entendit qui hurlait : « Tu es morte ! »

Elle eut le temps de voir se lever sa main ouverte qui s'abattit sur sa joue en une gifle d'une violence à lui décoller la tête des épaules. Pourtant, elle ne sentit pas la douleur provoquée par ce coup. S'évanouit avant, tandis que l'écho du cri rebondissait dans son crâne — *Morte !... Morte !...* —, et comme si ce mot-là, plus que le coup, l'avait terrassée.

NOVEMBRE 1987

Mercredi 11

Il ne pleuvait pas encore. C'était simplement gris et bas de ciel, si bas que les nuages courant d'ouest en est s'effilochaient, se déchiraient le fond de la panse aux sommets ronds, pas si hauts pourtant, des montagnes violacées par l'automne.

La jeune femme était seule depuis un quart d'heure environ dans le compartiment fumeurs de la micheline ; les voyageurs étaient descendus les uns après les autres, au fil des stations — pour la plupart des jeunes qui balançaient des sacs de sport, ou bien sans bagage du tout, mains dans les poches. Certains, passant dans la travée entre les banquettes, lui avaient jeté un regard appuyé, non pas vraiment intéressé, mais comme s'ils s'étonnaient de la voir là, comme si sa présence d'une élégance discrète brisait soudain à leurs yeux, en une sorte de vacarme contenu, avec l'habitude — puis ils étaient passés, sans se retourner, laissant l'étrangère derrière eux.

Deux stations auparavant, les derniers occupants de la voiture étaient descendus — trois gamines caquetantes, vêtues de noir, coiffées avec des chardons, trop maquillées —, la laissant seule avec le staccato et les poussifs grondements du moteur de la micheline.

Elle avait allumé une autre cigarette. Puis elle avait descendu son bagage du filet, l'avait posé devant elle, sur la banquette vide qui lui faisait face. Elle avait continué de regarder défiler le paysage derrière la vitre.

Depuis un certain temps, c'était sensiblement le même paysage. Les mêmes montagnes aux pentes douces qui enfermaient la vallée, les mêmes couleurs fanées d'automne sur les prés, et les mêmes camaïeux de jaune-orange barbouillés sur les bosquets ainsi qu'aux avant-postes des forêts. Plus haut, vers les sommets voûtés comme des épaules pesantes, la couleur virait aux tons violets, bleuâtres et rosés, lie-de-vin.

La voie ferrée traversait ces endroits qu'on n'aperçoit ordinairement pas depuis les routes : jardins et cours qui s'enchevêtrent en désordre dans le dos des maisons, avec les tas de bois prêts pour l'hiver recouverts de tôles plus ou moins rouillées que de grosses pierres alourdissent afin de résister au vent, avec des hangars de planches et de papier bitumé, bien souvent des carcasses de voitures sur cales, des clapiers de fortune rangés le dos face au « vent du mauvais temps », des poulaillers grillagés... Tantôt la route nationale filait à droite de la ligne du chemin de fer, tantôt elle disparaissait à gauche. Et c'était le même jeu pour la rivière aux méandres paresseux, dont la largeur se rétrécissait progressivement au fur et à mesure qu'on remontait vers sa source, dans la vallée de plus en plus étranglée par les montagnes de plus en plus hautes — la rivière dont le lit découvert était constitué autant par des pierres découvertes que par l'eau courante, avec ses berges en ravines creusées, bordées par de grands aulnes dont les racines en crochets découverts partiellement retenaient des brassées de vieux branchages blanchis dont la présence attestait en n'importe quelle saison le niveau possible des crues.

La jeune femme assise, solitaire, dans le compartiment de la micheline déserté par les autres voyageurs, n'était pas assortie au paysage gris et triste qu'elle contemplait d'un œil pourtant intéressé à travers la vitre, tout en fumant à longues bouffées sa cigarette.

Elle portait un pull bleu sous la veste — également bleue — aux épaules élargies et à la taille cintrée ; une jupe de cuir noir qui découvrait la naissance de ses cuisses lorsqu'elle croisait les jambes — et les petites rides joyeuses des collants, à la pliure des genoux, avaient attiré maints regards furtifs masculins, tout au long du trajet ; ses pieds étaient chaussés de talons moyennement hauts, noirs aussi — les regards masculins avaient glissé le long de la ligne des jambes, jusqu'à cette cambrure du cou-de-pied ; une large ceinture à boucle d'argent, sertissant une grosse turquoise de style navajo, serrait sa taille juste ce qu'il fallait sans étrangler.

Elle s'appelait Catherine Tolviac.

C'était le nom inscrit sur ses papiers d'identité et sur son permis de conduire, au temps où elle avait eu un permis de conduire et n'aurait pas effectué un tel voyage par le train.

C'était le nom imprimé sur le chèque — à l'emplacement réservé au titulaire du compte — qu'elle avait établi et signé ce matin, aux alentours de 7 h 30, à la gare de l'Est, en échange d'un billet qu'elle avait composté avant de monter dans ce train qui l'avait emmenée jusqu'à Nancy (et sur cette partie-là du trajet, parmi les autres voyageurs de première, elle ne détonnait pas, on ne lui adressa pas le moindre regard intrigué), où elle changea de train pour Épinal (sans étonner davantage), où elle changea une troisième fois de correspondance, en direction de Bussang, la tête de ligne jusqu'où elle n'irait pas, descendant quatre ou cinq stations avant, dans ce bourg de Ramont dont elle guettait maintenant l'inscription au fronton de la gare.

C'était le nom imprimé sur cet autre chèque qu'elle avait rempli et signé presque deux semaines auparavant, réglant à Mme Bihrlinger le montant des arrhes pour la location de la maison.

Catherine Tolviac, son nom. De même qu'en général elle tutoyait facilement et rapidement ses interlocuteurs, elle les invitait à l'appeler « Kate », ou encore « Cathy » — ou bien les gens prenaient d'eux-mêmes l'initiative pour avoir entendu d'autres personnes dire « Cathy » Tolviac.

Des gouttes de pluie, trois, quatre, s'écrasèrent à l'horizontale sur la vitre.

Elle éteignit le mégot de la Camel dans le cendrier de métal vissé dans la paroi, rabattit avec un bruit sec le petit couvercle. Elle se redressa, décroisant les jambes, se leva, tira sur les plis de sa jupe, referma deux boutons de sa veste. Elle prit sur son bagage en face d'elle une grosse écharpe de laine pelucheuse, dans des tons écossais à dominante bleu violacé qui rappelaient la teinte des forêts environnantes sur les sommets; passant l'écharpe autour de son cou, elle en rejeta une des extrémités par-dessus son épaule. Son bagage était un volumineux sac de voyage en grosse toile, renforcé de cuir, avec des poignées « à main » et une courroie supplémentaire qui permettait de le porter à l'épaule ; il semblait faire son poids ; à Paris comme aux correspondances de Nancy et Épinal, des voyageurs galants l'avaient aidée à placer le sac dans le filet, et à l'en descendre.

Elle se tenait maintenant debout dans le petit espace entre les deux banquettes, jambes légèrement écartées pour maintenir son équilibre et résister aux cahots qui secouaient et balançaient, comme un véritable roulis, tout le compartiment de la micheline. Elle appuyait de temps à autre son genou contre le rebord du siège. On pouvait voir jouer, selon l'effort qui leur était imprimé, les muscles de ses mollets, et de ses cuisses dures aussi, sous la jupe de cuir tendue.

Le paysage défilait — les sapins presque noirs dressés en taches et bosquets comme des présences gardiennes immuables, les prés taillés court que d'importantes pluies automnales s'efforçaient de reteindre en vert, les arbres dépouillés pour de bon ou encore coiffés de touffes flamboyantes entre le roux et le jaune… et puis toutes ces petites maisons, ces arrière-cours étranglées, avec parfois une silhouette humaine qui levait les yeux sur le passage du train… les voitures qui filaient sur la route… les chiens aboyeurs attachés à leur chaîne… les vaches noir et blanc dans les prés tondus, sur le bord de la rivière…

Elle avait un visage au dessin plutôt carré, menton et pommettes volontaires, avec déjà des esquisses de rides d'expression soulignant les ailes de son nez petit, qui, loin de la vieillir, lui donnaient comme une expression juvénile toujours prête à s'épanouir dans un sourire facile, au moindre mouvement des lèvres. Ses lèvres et sa bouche — sans doute ce qui se remarquait d'abord : un tracé parfaitement équilibré, avec ces légers renflements de gourmandise au bord de la lèvre supérieure, comme pour en souligner les commissures (« sourire Rampling », disait Jean-Michel quand il prenait encore le temps de la taquiner tendrement — et en y songeant, elle eut précisément ce « sourire Rampling », mais il n'était pas gai et ne s'adressait à personne). Puis venaient les yeux. De très grands yeux, très bruns, avec des paillettes émeraude qui y dansaient volontiers, selon la lumière. Pas de maquillage, à l'exception peut-être d'une légère ombre sur les paupières. Épais, taillés mi-long, d'un auburn parcouru de reflets blonds, ses cheveux la coiffaient d'un casque de vagues légères, avec une large mèche-frange sur le front, des pattes à la pointe desquelles s'inscrivait le dessin des pommettes.

De ces femmes pour qui la trentaine est une victoire triomphale qu'elles sont encore capables de fêter sans tricherie vingt ans plus tard.

Il était 12 h 45 au cadran des deux montres que Kate portait comme des bijoux de pacotille à son poignet. A cette heure-là, normalement, d'après l'horaire de la S.N.C.F., elle aurait dû être descendue de la micheline, arrivée à destination depuis plus de cinq minutes.

Saisissant les poignées du sac de voyage, elle le tira jusqu'à l'extrémité de la banquette. Puis elle le porta, devant elle, appuyé contre ses cuisses, et marcha jusqu'aux portes vibrantes du compartiment. Posa le sac. Elle remonta sur son épaule le pan de son écharpe qui avait glissé. Elle regardait tantôt à gauche, tantôt à droite, à travers ces hublots verticalement étirés des portières, ne sachant visiblement pas de quel côté surgirait la gare. Les quelques gouttes de pluie qui s'étaient écrasées sur les vitres à un moment avaient séché, ne laissant pas de trace. De courtes et soudaines bourrasques de vent sautaient d'un arbre à l'autre et s'acharnaient sur les dernières feuilles qui tourbillonnaient ascensionnellement, comme aspirées par la grisaille du ciel.

Puis le hurlement grinçant des freins monta, courant sous le ventre de la voiture, léchant comme d'une langue de métal râpeuse l'acier des rails.

La gare était à gauche de la voie.

Kate fit glisser le sac vers la portière de gauche. Elle mit la main sur le loquet de la poignée d'ouverture et attendit. A l'annulaire, elle portait cette bague que Jean-Michel lui avait offerte trois ans auparavant — pour fêter, avait-il dit, le premier « moisiversaire » (!) de leur histoire : un saphir qu'il avait acheté en Thaïlande, au cours d'un repérage pour un film de publicité, dans ces îles où avait été tourné un des films de la série James Bond. Le hurlement des freins emplissait le wagon, criait dans la tête et sous la peau de Kate. Elle frissonna, tressaillit, les nerfs à vif... et tressaillit encore quand le fantastique grincement s'estompa puis mourut, après quelques hoquets, tandis que s'immobilisaient les deux michelines ronflantes.

C'était une gare minuscule, un parallélépipède de pierre au crépi éclaté, dressé debout et chapeauté d'un toit à double pan raide, avec accolée à son flanc la petite remise des messageries. Le quai pouvait avoir vingt mètres de long, cinq de large, limité d'un côté par la voie et, de l'autre, par une barricade constituée d'éléments de béton armé, doublée par une haie de thuyas fous.

Il y avait apparemment très longtemps que le nom du

bourg avait été peint au-dessus du linteau de la porte unique : les lettres n'avaient pas été épargnées par la lèpre qui tavelait le crépi, et tout au mieux pouvait-on lire encore : *R MO T...*

La jeune fille attendait sous les quatre lettres rescapées, devant la porte fermée de la gare. Dès qu'elle aperçut Kate, elle sourit — et Kate comprit que la jeune fille se trouvait là pour elle, et son regard brun exprima une fugace lueur d'étonnement, car en admettant qu'elle eût pensé que quelqu'un pouvait se trouver là pour l'accueillir, elle aurait plutôt volontiers imaginé une dame âgée, forte, aux cheveux gris-bleu soigneusement permanentés... et allez savoir pourquoi, alors que Kate n'avait jamais vu Mme Bihrlinger, ne la connaissait pas...

Mais c'était une jeune fille d'environ vingt-deux, vingt-quatre ans, fine, svelte, de taille moyenne, d'une apparence un peu fragile, peut-être, dans ce ciré noir et luisant au col relevé et à la ceinture serrée sur une taille de guêpe. Elle avait de longs cheveux blond cendré, coiffés très simplement en deux lourdes vagues que le vent du moment ébouriffait comme il emmêlait la chevelure des arbres, et des mèches folles qui battaient ses yeux d'un bleu parfaitement translucide. Un curieux visage pointu, une grande bouche... des faux airs de Rosanna Arquette : ce genre de beauté-là.

« Bonjour », dit-elle. Elle aida Kate à descendre son sac. Puis : « Je suis Aline Bihrlinger. »

Sa grande bouche souriante... et en même temps l'air de s'excuser de n'être que cela — tout simplement Aline, et presque trop fragile pour soutenir le poids d'un tel patronyme aux consonances si gutturales.

Pourtant, elle portait le sac de voyage comme s'il n'avait rien pesé, toute menue qu'elle pût paraître.

« Je vous en prie, dit Kate. Laissez-moi porter... »

Elle vit passer une ombre dans les yeux trop bleus fouettés par les mèches de cheveux. Une ombre que la jeune fille ne put réprimer, ni camoufler, ni contenir, ni contrôler de quelque façon que ce soit. Comme une expression de peur, si fugace fût-elle, lézardant le sourire. Une seconde, pas davantage... Et une fois le sourire revenu, il n'était plus tout à fait le même, et celui de Kate trembla légèrement, sans qu'elle sût pourquoi ni qu'elle pût l'empêcher. Comme si, l'espace d'une fraction de seconde, quelque chose d'aussi terrible qu'indicible s'était produit sur ce quai de gare, tandis que la micheline tractrice grondait en se remettant en marche. Quelque chose de tout à fait particulier, uniquement destiné à ces deux jeunes femmes qui mêlaient leurs regards et se partageaient le poids du sac de voyage, saisissant chacune une poignée. Puis *cela* donna l'impression de vouloir s'estomper au plus vite, de n'avoir jamais existé réellement, fuyant pour être oublié aussi vite que c'était venu. Et puis, l'air de faire à la fois un effort pour parler et de ne pouvoir empêcher les mots de couler sur ses grandes lèvres au sourire apparemment très facile, habituel, Aline Bihrlinger dit : « Excusez-moi. Je ne vous ai même pas demandé si vous étiez...

— Je suis, approuva Kate. Vous êtes gentille d'être venue m'attendre à la gare. J'aurais pris un taxi... mais je ne crois pas qu'il y en ait... »

Elles avaient quitté le quai, traversant la haie de béton et de thuyas par l'emplacement du portillon disparu. Devant elles, il y avait une sorte de place, et une rue qui filait tout droit après avoir franchi la rivière sur un lourd pont de bois. Au bord de la place se dressait l'incontournable *Café de la Gare,* avec cette tranquille évidence qui faisait que la rue franchissant la rivière était la rue de la Gare.

« Non, dit la jeune fille blonde. Il n'y a pas de taxis... Et je suis venue à pied... la maison n'est pas loin. »

Du *Café de la Gare* sortirent une dizaine de musiciens en uniformes gris et casquettes plates, leurs instruments rutilants à la main.

« Oh ! fit Kate. Ne me dites pas que vous avez prévu aussi la fanfare !... »

Elles traversaient la place, le sac de voyage balancé entre elles. Aline Bihrlinger secoua sa chevelure, soutint une fraction de seconde le regard amusé de Kate et lui échappa dans une envolée de cheveux qui devait autant à son mouvement de tête qu'à la bourrasque venteuse qui emporta la casquette d'un musicien et les rires des autres.

« Non... C'est le 11 novembre. Il y avait une cérémonie de commémoration, ce matin. »

Le musicien récupéra sa casquette roulante, fit front aux quolibets moqueurs. Quelques-uns regardèrent passer les deux jeunes femmes. Un sifflement fut embarqué par le vent.

Elles traversaient le pont. La rivière roulait des eaux d'un vert très sombre enguirlandées de longs ourlets d'écume.

« C'est à deux pas, dit Aline. J'espère que ça vous conviendra.

— Bien entendu, dit Kate. J'ai juste besoin de calme, de tranquillité, pour travailler pendant un mois.

— C'est tranquille... Mais vous êtes notre première locataire, alors j'espère que...

— Ne vous inquiétez pas, dit Kate. Mme Bihrlinger est votre maman ? »

Aline acquiesça.

Passé le pont, la rue filait, plongeait puis remontait vers le cœur du village, et vers un point invisible où elle formait carrefour avec la nationale qui courait le long de la vallée. Les maisons s'alignaient de chaque côté, avec ce vague air de famille qui fait qu'un simple rassemblement de bâtisses mérite le nom de « quartier ». Toutes grises, sans tristesse, avec leurs ramées protectrices de vieilles plaques de fibrociment, leurs vignes vierges plus ou moins dévoreuses, leurs vérandas de métal et de verre protégeant les quatre marches des escaliers de l'entrée. Tassées et arc-boutées de toute éternité sous le vent et le poids du ciel bas, comme elles l'étaient déjà quand c'était des charrettes tirées par des attelages de chevaux ou de bœufs qui passaient dans la rue — alors non goudronnée — à la place des voitures en stationnement le long des trottoirs et devant les portes closes.

Entre chacune des maisons, il y avait comme un chemin perpendiculaire. Aline Bihrlinger se dirigea vers le premier de ces passages, à sa gauche, juste après la première maison après le pont.

A l'entrée du passage, elle désigna la construction qui s'élevait à vingt mètres de là, entre le bord du passage et celui de la rivière.

« C'est là », dit-elle.

Elle glissa vers Kate un coup d'œil en biais, faisant mine dans le mouvement de vouloir remettre un peu d'ordre dans ses cheveux... guettant surtout la réaction de sa « première locataire ».

« Effectivement, dit Kate. Ce n'était pas très loin.

— Le seul vrai bruit, c'est celui de la rivière, mais on s'y fait en moins d'une heure, vous verrez. »

Elle dit cela comme si elle récitait des mots creux, et semblait penser à tout autre chose. Elle regardait la maison. C'était elle qui avait l'air d'être l'étrangère, d'arriver et de découvrir l'endroit pour la première fois. Ou bien encore de le connaître trop bien.

« Je suis certaine que tout sera parfait », s'entendit prononcer doucement Kate, sur un ton qui la surprit, qui voulait rassurer. « Je ne pense pas que le bruit de la rivière me gêne — je l'échange volontiers contre celui de l'avenue Mac-Mahon... C'est une belle maison... »

La jeune fille acquiesça distraitement. Elle posait sur la maison son regard bleu translucide et grave, et pour Kate elle avait aux lèvres son sourire facile.

« Oui, dit-elle. Oui... »

Sauf que Catherine Tolviac avait sans doute dit cela pour apaiser cette crainte de déplaire qu'elle croyait avoir devinée dans les regards fuyants et le ton de la jeune fille — pour apaiser et pour rassurer.

Car ce n'était pas, à proprement parler, une belle maison.

C'était une maison très ordinaire.

Mais Kate n'avait pas menti en affirmant qu'elle ne cherchait que le calme et la tranquillité, pour son travail, et qu'à première vue l'endroit lui conviendrait parfaitement.

Ce « passage », comme un embranchement perpendiculaire à la rue de la Gare, et parallèle au cours de la rivière, courait sur cinquante à soixante mètres et finissait en cul-de-sac, butant du front dans une haie de troènes sauvages qui précédait elle-même un bosquet d'épicéas. Il était large d'un peu moins de dix mètres, ouvert entre deux habitations riveraines de la rue de la Gare ; il y avait, derrière celle de droite, un grand jardin enclos d'un petit muret surmonté d'un grillage ;

entre celle de gauche et la maison Bihrlinger, située pratiquement au fond du cul-de-sac, c'était un simple terrain vague de pré. Le passage était de terre, avec une bande de gazon centrale, comme la crête dorsale et poilue d'un animal, et, de part et d'autre, les taches blanchâtres des flaques et ornières comblées de pierres concassées.

Sans être donc véritablement isolée, la maison bénéficiait pourtant d'une position de léger retrait qui accentuait sans doute ce côté vaguement « à part » qui s'en dégageait, à défaut de mettre véritablement en valeur l'originalité qu'elle ne possédait pas. Il avait dû s'agir, à sa conception, d'une de ces « cités » d'ouvriers des tissages qu'on découpait allégrement en deux ou même quatre appartements — des « logements » — et qu'on avait retapée par la suite, après le rachat aux patrons des tissages en faillite.

Les murs étaient uniformément recouverts d'un bardage protecteur blanc de matière plastique, imitant plus ou moins un lattis vertical de bois peint. La façade d'entrée était celle, latérale, du pignon : il y avait là une véranda minuscule, surmontant de sa cage de métal et de vitres les deux marches d'accès à la porte ; une fenêtre de chaque côté, au rez-de-chaussée, deux autres à l'étage, et la cinquième, en œil-de-bœuf, au centre du pignon. Six autres fenêtres visibles perçaient le mur qui donnait sur le passage. Celles de l'étage étaient closes, fermées par les paupières d'aluminium des volets roulants ; celles du rez-de-chaussée ouvertes — c'est-à-dire des volets remontés. Un petit jardinet courait au pied du soubassement (encore que le terme « jardinet » fût généreusement inadéquat et surévalué, pour la maigre bordure de rosiers nains qui croissaient entre le granit vertical et la ligne de galets « décoratifs » qu'on était allé chercher très probablement à la rivière toute proche).

Voilà ce qu'était la maison, sans plus, et sans rien de spécialement remarquable. Une masse blanche et propre dressée sur le fond très sombre des épicéas en bosquet, avec cette petite cage de la véranda d'entrée, comme une verrue accrochée au bas de la façade.

Cette véranda dans laquelle elles entrèrent, après qu'Aline Bihrlinger en eut déverrouillé et ouvert la porte, d'un mouvement vif qui enchaîna la pression de la paume sur la clenche aux deux tours de clef nerveux. Une odeur de cire et de propreté flottait, sans pour autant parvenir à estomper tout à fait comme une senteur de froid imprégnée partout — ces relents très particuliers qui sont l'haleine des maisons inhabitées depuis un certain temps.

« Entrez », dit Aline Bihrlinger.

Elle ouvrit la porte intérieure — même geste suivant le mouvement rotatif d'une autre clef dans la serrure — et s'effaça pour laisser passer Kate. Portant son sac de voyage à deux mains, par les poignées en même temps qu'à la bretelle passée sur son épaule, Kate entra.

C'était un hall, un couloir plutôt sombre. Un escalier de bois grimpait immédiatement à gauche. Le seul éclairage était fourni par la lumière extérieure provenant de la porte ouverte et d'une fenêtre percée à l'étage dans la cage d'escalier.

Machinalement, Kate posa le pied sur la première marche.

« Non, dit Aline. C'est... »

Kate se tourna vers elle ; une fois encore, pour une simple fraction de seconde, son regard croisa celui de la

2

jeune fille, le temps d'y lire cette incompréhensible expression de désarroi — bien plus qu'un signe de timidité, même excessive. Et une fois encore, tout de suite, de nouveau le sourire étiré sur la grande bouche aux lèvres pâles non maquillées découvrant un peu de la denture supérieure qui avait juste ce qu'il fallait de légère proéminence pour que cela se traduisît en particularité charmante.

« Votre appartement est celui du rez-de-chaussée », dit Aline.

Si doucement, dans l'aimable gaucherie, que l'éclair de suspicion, ou d'incompréhension, né dans le regard brun de Kate tomba d'un seul coup, n'ayant eu que le temps, et à peine, de s'allumer. La jeune fille accentua son sourire, secoua la tête et ses mèches d'un blond cendré que la lumière du dehors auréolait. Elle actionna le commutateur électrique et les appliques murales du couloir s'éclairèrent.

« C'est tout droit », dit-elle, presque sur un ton d'excuse, indiquant du regard la direction à suivre pardessus l'épaule de Kate.

« J'imaginais que vous occupiez le bas de la maison, dit Kate. Je ne sais pas pourquoi. »

Un simple « non », prononcé d'une voix atone, lui répondit.

Il y avait une porte tout de suite à gauche, une autre à droite, sous la cage d'escalier — cette dernière conduisant certainement au sous-sol. Et deux au fond, sur le mur en décrochement.

« Le séjour est à droite, la cuisine à gauche », indiqua la voix de la jeune fille.

Kate choisit « le séjour ». Elle poussa la porte et laissa tomber son sac.

Elles visitèrent l'appartement pièce après pièce. Il y en avait quatre, distribuées en L. Au bout de la petite barre du L, une grande cuisine, très bien équipée, puis, formant l'angle du L et la grande barre, le living — qu'Aline appelait « le séjour » — et deux chambres à coucher. C'était immense, propre, chauffé par des radiateurs, tapissé de clair, meublé sobrement — fonctionnel, sans plus — mais avec une pointe de bon goût compensatrice.

Jouant les guides, Aline parut s'animer, se détendre, et pendant cette demi-heure que dura la visite, Kate parvint plusieurs fois à croiser son regard sans que celui-ci s'évanouisse aussitôt vers n'importe quelle autre direction. Elle souriait et elle parlait. Elle disait que l'appartement avait été refait dans le courant de l'été, qu'elles espéraient bien, sa mère et elle, pouvoir le louer régulièrement au cours des saisons de vacances. Répéta que Kate était la première locataire, et que si elle était satisfaite, c'était un bon encouragement. Elle fit même visiter le sous-sol — auquel on accédait effectivement par cette porte sous la cage d'escalier —, la chaufferie : une chaudière au fuel qui s'allumait et s'éteignait tout bêtement par une pression sur un bouton.

Puis elles se retrouvèrent dans la cuisine, et là Aline alla jusqu'à ouvrir les placards, découvrant les boîtes de conserve, les paquets de riz et de pâtes — même du pain en tranches sous cellophane ! —, élargissant son sourire.

« Je me suis dit que vous ne pourriez pas faire de courses aujourd'hui — les magasins sont fermés, c'est férié. Et que si vous ne vouliez pas aller au restaurant...

— C'est très gentil, dit Kate. Vraiment très gentil d'avoir eu cette attention. »

Elle s'approcha du placard ouvert, ayant remarqué les trois ou quatre bouteilles rangées près des boîtes de macédoine de légumes. Il y avait une bouteille de whisky, d'une marque très ordinaire, mais dont la seule présence valait bien n'importe quel Black Label.

« Puisque je suis chez moi, je vous invite ? Nous trinquons à mon installation ?

— Non, merci, refusa Aline Bihrlinger. Je ne... » Et de nouveau recommença le jeu des regards fuyants. « ... je suis sous traitement médical, je ne dois pas boire d'alcool... » Puis, comme si elle voulait se hâter d'effacer tout indice de possible gravité dans cette révélation qu'elle venait de faire, ou qui lui avait échappé, sur un ton probablement trop gai : « Mais ne vous gênez pas. Si vous voulez, je peux trinquer avec un verre d'eau... »

Et sans attendre elle s'agita. Prit deux verres, la bouteille, servit Kate, alla se faire couler de l'eau au robinet de l'évier, remplit son verre, revint... trinqua.

« A votre installation, alors ! »

Elle but une gorgée. Sa lèvre supérieure s'attarda sur le bord du verre, son regard si pâle devint comme un trait de glace fiché dans celui, sombre, de Kate.

Kate but à son tour. Le whisky tomba dans son estomac comme une traînée de feu. Elle frissonna.

« Grave ? dit-elle. Excusez-moi si je suis indiscrète... vous avez parlé d'un traitement médical... »

Aline secoua ses cheveux. « Oh non... Un peu de... pas une dépression : un peu de déprime, c'est tout. Un traitement à base de tranquillisants faibles. Ça me laisse un peu dans le vague, par moments... alors, l'alcool...

— Effectivement, approuva Kate. Je sais ce que ce

genre de mélange donne. » Elle leva son verre, sourit. « A votre moral... »

La jeune fille acquiesça d'un battement de paupières. Elle posa son verre d'eau sur le bord de la table. Si elle avait toujours ce sourire plus ou moins élargi, posé en quasi-permanence sur ses lèvres, son regard transparent restait étonnamment dur, et presque violent quand il croisait comme par mégarde celui de Kate. Un regard qu'elle posait comme en rafales sur les choses autour d'elle, et qui tranchait avec l'expression coutumière de son visage.

« Vous savez, dit-elle, c'est presque toujours la même chose chaque année. Après la rentrée scolaire... il faut se réadapter... je ne suis peut-être pas faite pour ça.

— Pas faite pour les rentrées scolaires ? »

Aline s'éloigna de trois pas. Elle haussa une épaule, jeta un coup d'œil par la fenêtre de la cuisine qui donnait sur la rivière. Elle reporta son attention sévère sur Kate et expliqua, dans le prolongement de son sourire et arborant cet air qui semblait demander qu'on l'excusât : « Je suis prof de dessin, dans un lycée voisin. Pas loin d'ici. Le dessin, ça n'intéresse guère les garçons de quinze, seize ans... Ils préfèrent nettement les motos... Les filles aussi, d'ailleurs...

— Je vois, dit Kate. Appelez-moi Kate, ou Cathy, d'accord ? Et ne vous laissez pas manger toute crue. J'ai eu des amies enseignantes à qui c'est arrivé sans qu'elles s'en aperçoivent. Et elles n'enseignaient pas le dessin, ni la musique, mais ces matières qu'on juge nobles et prioritaires, comme les maths... J'ai bien failli, d'ailleurs, devenir prof de maths...

— Mais vous êtes scénariste. C'est ce que vous avez

écrit dans votre lettre... C'est moi qui l'ai lue, et qui vous ai écrit en son nom.

— Scénariste, oui, dit Kate. C'est-à-dire que j'essaie. »

L'éclat dur et froid fondit dans les yeux de la jeune fille.

« Et vous avez déjà écrit des choses qui ont été réalisées ? Je m'excuse, mais votre nom... vous savez, on ne fait jamais attention aux noms des scénaristes, quand on voit un film, et...

— Dieu, comme vous avez raison ! s'exclama théâtralement Kate, forçant la mimique dépitée. Oui, j'ai déjà écrit certaines choses qui ont été réalisées... »

Elle récita quelques titres de films, et parut étonnée que la jeune fille en ait vu deux — et qu'elle ait aimé. Bien sûr, comme on pouvait s'y attendre, Aline exprima à chaque fois l'émerveillement du néophyte. Elle trouva que ce devait être « formidable »... et Kate s'efforça de ne pas la détromper trop brutalement en lui récitant sur-le-champ le chapelet des aléas qui tissaient la trame ordinaire de la profession.

« C'est une liberté, dit-elle. Une liberté qui se paie et se gagne. Avantages, inconvénients... Une de ces professions qu'on exerce comme des malades, en étant capable de passer sur des années d'inconvénients pour le seul avantage de deux heures de film que les gens n'iront peut-être même pas voir, sans qu'on sache pourquoi, ou parce que trois ou quatre critiques-Dieu-le-père auront décidé que ça ne correspondait pas à leur humeur. Mais c'est un choix, c'est vrai... C'est probablement la règle du jeu, ou la règle de la triche... appelons cela comme on voudra. »

Elle tira de sa poche de veste le paquet de Camel et le présenta à la jeune fille.

Dans la seconde, les yeux bleus redevinrent de glace. Aline fixait le paquet de cigarettes offert et ne disait mot.

« Vous ne fumez pas ? » s'enquit Kate.

Aline secoua la tête, sans que l'on pût dire si le mouvement traduisait une réponse négative ou affirmative.

« Pas cette marque-là, souffla-t-elle.

— Je fumais des brunes, avant, dit Kate. Je me suis mise aux Camel il y a un an, je ne sais pas trop pourquoi, et depuis... »

Elle tira une cigarette qu'elle pinça entre ses lèvres... et parut seulement remarquer la stupéfaction peinte sur le visage pâle de la jeune fille. La cigarette trembla. Elle la retira, entre deux doigts longs et fins, dont l'un qui portait une bague de saphir bleu nuit.

« Il faut que je parte, maintenant, dit Aline. J'ai... Je reviendrai vous voir, pour m'assurer que tout va bien. D'accord ? Vous pouvez me joindre au numéro qui est inscrit sur le bloc, près du téléphone... Il faut que je parte.

— Ça ne va pas ? » s'alarma Kate.

Et le regard en coup de couteau, au-dessus du sourire incertain, la frappa de plein fouet.

« Très bien, si ! Il faut que je parte, c'est tout. »

La jeune fille traversa la pièce en quelques enjambées pressées. L'instant d'après, on l'entendait courir dans le couloir, alors que l'écho de la porte claquée n'était pas encore retombé. Puis claquaient d'autres portes : celle de l'entrée, et celle de la véranda.

Puis plus rien.

Le bruit tranquille de la rivière, en contrebas.

Kate reporta la cigarette à ses lèvres, l'alluma, aspira et rejeta une bouffée.

Elle prit le verre de whisky et avala, en une gorgée, ce qui restait d'alcool. Reposa le verre sur la table.

Autour d'elle, le silence prit corps, eût-on dit. S'épaissit. Pesant surtout d'en haut, du plafond, et de ce qui se trouvait au-dessus du plafond.

... Le bruit tranquille de la rivière, en contrebas...

Il y eut une bouffée de vent. Des feuilles jaunes tourbillonnèrent derrière la fenêtre, une d'entre elles vint se plaquer au carreau, vibrant et frissonnant, comme si elle faisait des efforts ridicules pour traverser le verre et entrer. Comme si même une feuille jaune arrachée à un arbre s'était changée en quelque chose de vivant uniquement capable de traduire et d'exprimer son impossibilité tragique à produire le moindre bruit. Rien que le silence.

Comme le silence souligné par le murmure tranquille de la rivière en contrebas.

« Eh bien, ma vieille, dit Kate à voix haute. On s'habitue très vite, tu verras... »

C'était ce qu'avait assuré la jeune fille étrangement séduisante, étrangement un peu malade, qui enseignait le dessin à des fanatiques de moto et n'avait pas l'air de le supporter très bien...

Catherine Tolviac s'en alla défaire son sac de voyage, après s'être déchaussée. Nu-pieds, sa démarche naturelle avait plus de grâce féline, légère et coulée comme une sorte de glissement qui lui montait le long des jambes pour rouler dans ses hanches.

Les premiers objets qu'elle extirpa du sac furent ses cahiers épais, ses blocs de notes, sa machine à écrire portable et son magnétophone. Elle chercha un endroit où s'installer pour le travail, décida que le meilleur possible serait sans doute, tout bêtement, la table du living, face à la fenêtre lumineuse qui donnait sur le fond du passage et le jardin clos de la maison d'en face. Elle y posa les cahiers, la machine, ses blocs, ses stylos, ses plans dans une chemise cartonnée. Elle regarda le tout, un instant, alluma distraitement une autre cigarette.

« Et voilà », dit-elle dans un sourire-grimace.

Sur la chemise cartonnée, le titre provisoire du script qu'elle s'était promis d'étoffer et de mettre au point en moins d'un mois était écrit en lettres capitales, au feutre noir :

LA FEMME AU SOURIRE FACILE

Kate lut et relut ce titre qu'elle avait déjà lu et relu cent fois. Progressivement, son sourire tomba. Une expression préoccupée durcit sur son visage, marqua le creux de ses joues, sous les pommettes hautes. Dans son regard dansèrent ces reflets particuliers qui éclairent les pierres précieuses et dures qu'on nomme œil-de-tigre.

Elle sursauta et poussa un petit gémissement quand la braise de la cigarette consumée d'elle-même chauffa ses doigts. La longue cendre secouée tomba sur le parquet.

Kate se mit à la recherche d'un cendrier.

Dans la cuisine, elle écrasa le mégot dans l'évier. Et resta là, longtemps, à regarder par la fenêtre, à regarder la rivière et le paysage au-delà, en direction de la gare. A regarder la feuille jaune toujours frissonnante et collée dans un angle du carreau.

11 novembre 1987
23 h 30

Eh bien, ça commence très très fort : mon magnéto ne fonctionne plus. Je ne comprends rien à ce qui lui arrive ; il vient de me manger trois cassettes l'une derrière l'autre. J'ai repéré dans le village un magasin de matériel hi-fi, etc. (fermé aujourd'hui), et j'irai y porter cet engin fou demain, en espérant qu'ils pourront me le réparer, ou à tout le moins qu'ils voudront bien y jeter un œil. Parce que pas question d'en racheter un neuf ; j'en ai ma claque de me faire avoir avec ces appareils qui me claquent un peu trop régulièrement entre les doigts. Je n'en connais quand même pas beaucoup à qui ce genre de mésaventure arrive aussi fréquemment. Je suis victime d'une malédiction.

J'en suis donc réduite, par la force des choses, à prendre ces notes manuscrites.

Ça va être un vrai carnet de bord, ha ! ha ! ha ! Il y a belle lurette que je n'ai pas écrit à la première personne ; ça fait tout drôle, ce côté « journal à qui on se confie », mais l'habitude revient très vite ; la preuve : j'écris ces phrases-là, ce type de réflexions.

D'un autre côté, je crois que je préfère entendre le bruit de ma plume sur le papier à celui de ma voix discourant dans le micro de mon satané magnéto. Dans le silence qui pèse sur cette maison, aussi bien en ce moment que dans la journée, ça ferait un drôle d'effet.

Je ne sais pas si ces notes serviront le script. Si je ne les utilise pas, elles pourront peut-être servir à un autre travail. Il y a de quoi, je pense. Une ambiance à creuser.

Pas vraiment retrouvé l'atmosphère dont j'avais le souvenir, ce premier jour. Mais qu'est-ce que le souvenir avait de vrai ou de réel ? Et puis c'est quand même évident que pas loin de vingt années se sont écoulées. Oui, ma vieille...

(Quelque chose d'intéressant à tirer de cette différence marquée entre le souvenir d'un lieu et sa redécouverte ? Possible. A voir et creuser... Bof. Le « thème du retour » a été traité vingt millions de fois.)

Arrivée un peu avant 13 heures. Toute seule dans le compartiment — ou est-ce qu'on appelle ça *un wagon, une voiture ?* — de la micheline poussive et ferraillante. Folklorique. En fait, très cinématographique, comme arrivée, très visuelle. Possibilité de belles images sur la présentation en tension d'un personnage. Question : est-ce que j'ai besoin d'une arrivée de personnage ?

QUESTION : Alice, qui se sent progressivement traquée et cernée, peut-elle arriver ainsi quelque part ? Ou bien celui ou celle qui la traque et la piste peut-il (ou elle) arriver ainsi quelque part ?

RÉPONSE : A voir.

Toute seule, donc, dans cette micheline, sur les dernières vingt minutes du parcours. Fatigant. Ai somnolé de temps en temps. Incroyablement long d'Épinal à ici. Note : l'accent des voyageurs, de plus en plus marqué, qui change et s'installe au fur et à mesure qu'on « s'enfonce » dans la région. Pourquoi ne prend-on plus en compte les accents différents selon les régions où se situe une action ? Sur ce plan, tout est laminé : c'est soit l'accent neutre et passe-partout « parisien », ou plus exactement « français », soit le style berrichon, tout aussi passe-partout, quand on veut faire paysan. Sans oublier bien entendu ce qui tient lieu d'exotisme à tout crin dans notre cinéma hexagonal : l'accent méridional !... Aux U.S.A., quand une histoire se situe au Texas, par exemple, les comédiens prennent tout bêtement des cours d'accent texan. A quand Depardieu donnant un texte de façon crédible avec l'accent du Jura profond ou celui de quelque région perdue de Franche-Comté, ou de Corrèze ?

Quai de la gare de Ramont désert, sauf Aline Bihrlinger.

Curieuse fille. Difficile à cerner. (ALINE-ALICE, à une lettre près...) Étrange. Quelque chose dans son visage qui fait songer à Rosanna Arquette. Vais m'en servir pour visualiser ALICE, je crois. Évidemment, ce n'est ni Nastassia, ni Valérie, à qui on envisage de proposer le personnage. Détail.

Jolie et tremblante, quelque part. Sais pas si « jolie » est le mot juste. « Troublante », oui. Si j'étais un mec ?... Je crois que oui.

Étonnant, à la réflexion, comme elle peut correspondre à une ALICE fictive. Probablement tapé dans le mille, ma vieille, en décidant de revenir t'enterrer ici. Le Bon Dieu des scénaristes a guidé mes pas, la Force est avec moi...

C'est surtout cette façon qu'elle a de sourire à tout

bout de champ, sans qu'on puisse savoir si cela traduit un vrai sentiment profond — en fait, ça correspond plutôt à un masque, pas de doute là-dessus. Ça correspond si bien au titre ! Probablement cette évidence, en plus de la quasi-similitude phonétique des prénoms, qui m'a fait craquer sur l'incarnation vivante du personnage de cette FEMME AU SOURIRE FACILE. (AU SOURIRE *FRAGILE* OU *AU SOURIRE FACILE* ? A décider ultérieurement.)

Elle ne va probablement pas très bien dans sa tête. M'a parlé de traitement médical pour soigner un état dépressif. Sous anxios, ou quelque chose d'approchant. Ce qui explique certainement ces « décrochages » et son apparente instabilité psychologique. Elle peut se montrer presque gaie, enjouée, et on se dit que, la connaissant à peine depuis une heure, elle va vous raconter doucement sa vie, comme si elle s'en excusait, sans trop oser vous regarder en face, et l'instant d'après vous interceptez un de ses regards qui, « s'il était un poignard », selon la formule, vous aurait tranché le cou ou percé le cœur.

Cette jeune personne paraît bien intéressante à connaître. J'essaierai.

NE PAS OUBLIER ET REVÉRIFIER : Cigarettes. Lui ai offert une cigarette — si je lui avais proposé une prise de cyanure, elle n'aurait pas eu l'air plus atterré. On pourrait même croire que c'est ce qui a provoqué son départ soudain.

ALINE BIHRLINGER = ALICE « JE-NE-SAIS-PAS-ENCORE-QUI » c'est décidé.

La maison et le village. Voir croquis joints. Possibilités d'utilisation ? M'étonnerait que J.M. et Cie soient d'accord. (Comme pour les accents. Région pas suffisamment représentative, ou alors trop. « Qu'est-ce que tu cherches, ma chérie ? A faire de l'adaptation de régionalisme américain ? Du folklore ? »)

POURTANT : Région peut-être superbe — souvenirs été, colonie de vacances dans le secteur. Ça n'a certainement pas changé en vingt ans, au point que je ne retrouve *plus rien* de ce dont je me souviens. Quand même pas. D'autre part, cela peut être également suffisamment glauque et dur, et « inhabituel ». A définir et arrêter la saison pendant laquelle se situerait l'action. Mon avis : maintenant, c'est très bien. Automne. Aujourd'hui, temps gris et bas, moyennement froid. Vent par bourrasques, gouttes de pluie, comme si les averses ne se décidaient pas. Feuilles des arbres pratiquement toutes tombées, celles qui restent de couleur très éclatante. Lumière très intéressante — quoique rapidement changeante. Nuit tombée à 6 heures. Il pleut depuis 7 heures, environ 19 heures. Bourraques violentes intermittentes.

CARNET DE BORD : Ai tourné sans rien faire de précis pendant un moment, après le départ d'Aline B.

Revisité la maison. En fait, c'est terriblement grand pour moi toute seule. Mais bien. D'après ce que j'ai compris — ce que m'a dit Aline B. — je suis la première locataire. (Elle a vaguement parlé de sa mère : mystère. Il faudra que je creuse le sujet. Elle s'occuperait — Aline B. — des affaires de sa mère. Pourquoi ? Où est la maman ? *S'informer à ce propos.* Demain ?)

Ai choisi la première des deux chambres à coucher — elles sont d'ailleurs pratiquement identiques. Une armoire, un lit (couverture piquée à l'ancienne qui pèse trois tonnes : génial !), une petite table et deux chaises. Salle de séjour (*dixit* A.B.) : un bahut de style indéfini, à la fois démodé ou en plein dans la mode, au choix ; une table devant la fenêtre, un divan. Travaillerai là. Par la fenêtre, on voit l'impasse qui aboutit à la maison, et les arbres au fond, et le jardin apparemment en friche derrière la maison « d'en face ». Tranquille. Impression : le vide partout, les gens ailleurs (à cause du 11 novembre férié ?).

L'appartement du dessus est vide. A louer sans doute également. Je suppose qu'Aline B. et sa maman vivent... je ne suppose rien du tout, en fait : à savoir également. Logement de fonction pour Aline B. ? Elle est, m'a-t-elle dit, prof de dessin je ne sais où exactement, dans un village voisin sans doute — je ne pense pas qu'il y ait un collège ici. A vérifier également, le cas échéant, pour personnage ALICE. ALICE peut très bien exercer cette profession, au lieu de l'employée de grand magasin à quoi avait pensé Jean-Michel. Je vois mieux Nastassia en prof de dessin. Autre avantage pour le personnage d'ALICE : la liberté d'action que laisse ce métier de professeur de dessin dans un collège : horaires plus souples, etc.

ALICE EST PROFESSEUR DE DESSIN DANS UN COLLÈGE. Décidé.

Suis retournée au sous-sol et à la chaufferie. Endroit utilisable. Le garder en mémoire.

Sortie vers 14 h 30. Petit tour de repérage préliminaire dans le village.

IMPRESSIONS : Pas vraiment de repères évidents avec les souvenirs anciens. Une impression de flou, qui se borne à « rappeler quelque chose », sans plus. Pas de « grand choc ».

(*Oublié* : Avant de sortir, ai téléphoné à J.M. Répondeur. N'ai rien dit ; s'il était là, tant pis pour lui.)

Rue de la Gare extrêmement tranquille et parfaitement déserte. Commerces : banque (C.I.C.), quincaillerie en gros, coiffeur, magasin de primeurs, boulangerie, magasin d'articles sanitaires, cafés — deux cafés.

La rue de la Gare donne sur la rue d'Alsace — qui est la route nationale dans sa traversée du village. En face, il y a une rue qui grimpe et qui va apparemment vers l'église.

Rue d'Alsace : hall de la presse, vidéoclub, cafés — quatre —, magasins de vêtements, de chaussures, une autre boulangerie, une pâtisserie, la pharmacie — non : deux pharmacies —, magasins de jouets, disquaire, une grande surface (plutôt petite d'ailleurs).

A un carrefour en direction d'Épinal, une rue s'en va sur la droite : la rue de Mesnyl. Ici, encore une boulangerie-pâtisserie, un fleuriste, un café-tabac, une maison « de maître » avec jardin clos : un toubib. Deux cinémas ; programme : deux films de cul dans l'un, et dans l'autre : *Les Incorruptibles, Les Sorcières d'Eastwick, L'Œil au beur(re) noir.*

Peu de gens dans les rues, sauf devant les cinés. Dans les bistrots, oui. Suis allée prendre un verre dans un, pour respirer l'atmosphère. Ai dû tomber sur le quartier général des travailleurs immigrés du village. Dominante portugaise, apparemment, avec un soupçon de Turcs. Rien que des types. (Des types étonnés !) Suis pas restée là des heures... pas même osé demander le whisky dont j'avais envie ; j'ai sagement demandé un thé-citron...

(Ai eu la bonne idée d'emporter quatre jeans et des pulls ; pour le climat, déjà, et pour passer un peu plus inaperçue que cet après-midi, dans ce bistrot *Au Rendez-vous des mâles désœuvrés*.)

Retour « chez moi » vers 17 heures, frigorifiée et mal aux pieds — ampoule, c'est gagné. (A 17 heures, un 11 novembre, la nuit tombe. Joli effet de lumière sur un bout de ciel bizarrement dégagé, laiteux, nacré, avec en dessous la découpe tranchée, très noire, des sommets des montagnes environnantes.) Un peu plus de monde dans les rues. Des jeunes, surtout, les modèles classiques : élégants-mode et cuir-jeans. Qui apparemment s'ennuient comme en mille autres endroits.

Pas eu le courage d'utiliser les provisions si gentiment mises à ma disposition par Aline B. (Pas eu le courage non plus de lui dire, quand elle m'a montré les placards remplis, que la cuisine et moi...) Changé de tenue. Jean, pull et blouson : uniforme de la scénariste en campagne !

Téléphoné J.M. vers 18 heures. Répondeur. Laissé message bref. (Et je me dis maintenant que j'ai eu tort... tant pis.)

Repartie bravement dans la nuit — et sous les premières vraies manifestations de l'averse — jusqu'au premier restaurant : *Le Galpiot* (sais pas ce que cela signifie, si ça signifie quelque chose), dans la rue d'Alsace, direction col de Bussang (20 km) et Mulhouse (60 et quelques km).

Sympa. Patron et patronne jeunes ; conversation liée sans problème au bout de dix minutes... A la fin du repas, ils savent qui je suis — pas pu éviter de leur dire — et ils s'imaginent sans doute déjà qu'un film « pour le cinéma » sera tourné dans leurs murs. Tout le village en sera probablement persuadé demain... Pas grave, après tout. Ça peut ouvrir des portes, qui sait ? Faciliter les choses au moins autant que les compliquer. De toute façon, rien de mystérieux dans cette affaire, et puis sans doute qu'Aline B. elle-même ne se sera pas gênée pour dire ce qu'elle sait.

Donc, RESTAURANT LE GALPIOT. Proprios : M. et Mme Duchesne, premiers informateurs hautement potentiels. (Pas à les pousser beaucoup pour apprendre tous les « bruits qui courent » dans le village et aux environs.) Leur ai dit que je louais un appartement dans la maison de Mme Bihrlinger. Réaction de leur part difficile à définir (à moins que je ne sois en train de fabuler et de me laisser aller à des idées...) ; réaction de silence, genre « choses qu'on sait mais qui ne se racontent pas au premier venu, pas tout de suite... » (mais je suis sans doute en train de me faire des idées faciles). A voir.

Cela dit, cuisine super-bonne. Décision : cantine de la scénariste en campagne : *Le Galpiot.* Certainement.

Question posée trois fois au moins par les époux Duchesne : Quel genre de film ? Avec qui ? Réponse de la scénariste en travail : vague et floue. La Sc. au Tr. n'aime pas trop parler d'un sujet en cours de gestation. N'aime pas raconter et se disperser avant d'avoir au moins mis le point final à la première mouture du scénar — cette première mouture qu'elle espère toujours être la bonne et qui sera récrite cinq ou six fois au moins. Et « avec qui », on ne sait pas encore : superstition !

Et d'ailleurs, comment résumer en quelques phrases ?

RÉSUMÉ DU SYNOPSIS :

Dans une petite ville de province reculée, une jeune femme, ALICE X., tue les gens qu'elle aime et qui l'aiment. Elle les tue « pour leur faire un cadeau », pour les protéger de la désillusion obligatoire et fatale qu'elle est persuadée leur apporter un jour, après leur avoir donné le maximum de ce qu'elle peut donner. C'est également pour se protéger, elle, de leur désillusion. C'est pour préserver intact un instant privilégié maximal.

ALICE se sent traquée, cernée, progressivement. Il se peut qu'elle soit repérée et traquée par celui ou celle qu'elle n'a pas encore tué, mais qui a compris le mécanisme hautement pathologique qui la fait agir.

Élément primordial à maintenir : le suspense et l'étrange. Construire l'histoire par petites touches, sous différents éclairages, afin d'additionner petit à petit les éléments de compréhension pour le spectateur. D'une part : l'itinéraire d'ALICE subjectivement tracé — son côté « bête traquée » et méfiante, sur le qui-vive. D'autre part : l'itinéraire de celui ou celle qui la traque et qui sait. Puis la découverte que c'est elle qui est l'auteur des meurtres qui font l'atmosphère glauque de l'histoire. La découverte des motivations du personnage traqueur.

Finale non défini. A voir avec le déroulement de l'action, au fur et à mesure.

Décidément, ALINE/ALICE me plaît bien.

CARNET DE BORD (suite) :

Retour chez moi vers 22 heures. Trop mangé. Bonjour le régime basses calories. (Résisté victorieusement à la tentation de mettre une grosse claque à la bouteille de whisky offerte par Aline B. M'approvisionnerai moi-même demain.

Demain aussi : téléphoner à Brigitte, à la production. Pas à J.M.

Dommage que je n'aie pas de voiture. En un certain sens. Dommage et pas dommage.

Plus facile (une voiture) pour faire des petits tours ici et là dans les environs. Mais je me débrouillerai. (ALINE ?) Elle m'a parlé de voiture, elle doit en avoir une — elle ne l'a pas prise pour venir me chercher à la gare, parce que la maison était tout près. Lui demanderai. Elle sera peut-être contente de « participer » à ce travail.

QUESTION : Utiliser *mon cas* pour personnage de liaison, ou narrateur, ou personnage-traqueur d'ALICE ? QUESTION IMPORTANTE. Y réfléchir.

En parler à Philippe, ou Brigitte si Philippe absent, demain. Personnellement : POSSIBILITÉ INTÉRESSANTE !!!

Demain aussi, ou dans les prochains jours à venir, selon le temps et les possibilités : aller voir du côté de la colonie de vacances, si elle existe encore. Colonie de vacances + personnage inspiré de moi + personnage traqueur d'ALICE. Exemple : ALICE et MOI (l'équivalent de moi) auraient pu être des amies d'enfance qui se retrouvent. Donc : la séquence d'arrivée au village, dans ce train vide, sert l'action et pourrait être utilisée. Bravo, ma vieille Cath !

Donc : CARNET DE BORD très utile, inspiration très positive ! Continuer à prendre des notes.

Pluie violente, en ce moment (vendredi 12 nov., 0 h 30). Bourrasques terribles, et la maison qui semble craquer de partout. Volets roulants qui « palpitent ». Impressionnant. Note : le vent qui prend son élan du bout du monde et galope par-dessus les montagnes pour venir s'écraser ici, contre les murs de la maison. (Littérature...)

Personnage traqueur d'ALICE (moi) : Mlle SUZY VIAQUE (provisoire).

QUESTION : Pourquoi faire revenir SUZY VIAQUE dans cette petite ville de province ? Pourquoi la faire retrouver ALICE, après longtemps d'absence et de séparation ? Possibilités : 1) Vacances. 2) Travail. 3) Raisons familiales. 4) Pour ALICE, qu'elle sait en mauvaise posture ? Supposition 4a : c'est ALICE qui a appelé SUZY VIAQUE — se débrouiller alors pour faire en sorte que SUZY devine ce que cache le personnage apparemment traqué d'ALICE. Et de ce fait : découvrir qu'ALICE n'est traquée que par elle-même (sa conscience !!!) jusqu'à ce que son amie qui l'aime, qu'elle aime — qui est donc en danger — devienne la vraie chasseresse.

« L'enquête » est de ce fait menée par l'amie d'ALICE — SUZY. Pas besoin de flics ni de traqueur patenté professionnel. Plus question de polar — une histoire de suspense psychologique.

QUESTION : Quel est le passé de SUZY ? Son caractère à elle. Sa vie avant qu'ALICE se manifeste — si c'est ALICE qui se manifeste — ou avant qu'elle se retrouve en rapport avec ALICE ?

SUZY (caractéristiques psycho possibles) : 30 ans. D'une certaine façon, pas très bien équilibrée psychologiquement — certainement pas aussi atteinte qu'ALICE, mais néanmoins « entamée ». Une faille. Sentimentale. (Si c'est une ancienne amie d'ALICE, quelque chose du côté de son passé ou de son adolescence dans ces lieux.)

Native de Nancy. Ou bien native de la petite ville mais ayant « émigré » à Nancy.

Note : *Prévoir un petit voyage à Nancy.*

Faille sentimentale pour SUZY, à définir. Ce qui la poussera à venir auprès de ALICE, parce qu'elle se sent alors utile, qu'elle renoue avec une relation (peut-être) amoureuse avec ALICE.

Relation éventuellement amoureuse. *ALICE/SUZY : relations amoureuses.*

A étudier. A ÉTUDIER.

Aline avait quitté la maison en courant.

S'était enfuie, pourrait-on dire. Comme on s'échappe in extremis du piège glauque et impalpable dont on a pris conscience — juste conscience, sans pouvoir véritablement le définir encore, reniflant sa puanteur sournoise et amère —, ainsi que de la présence invisible de ses mors ouverts au-dessus de vous, cette mâchoire ouverte aux dimensions d'un univers, prête à se refermer, sans même un claquement, avec toute la mollesse fluide, à peine gargouillante, de ce que doivent être les sables mouvants.

Elle avait couru, le claquement de la porte métallique de la véranda toujours résonnant dans ses oreilles.

Et c'était bien ce que l'un ou l'autre des membres des familles voisines, dans chacune des deux maisons en bord de rue qui encadraient le passage — en admettant qu'ils fussent à cet instant derrière leur carreau —, aurait pu croire en la voyant courir ainsi, avec les pans de son ciré noir, luisant, qui flottaient derrière elle : qu'elle s'enfuyait. Et ce fut bien cette crainte soudaine de provoquer cette pensée dans l'esprit d'un éventuel curieux qui brisa son élan, la poussa à camoufler sa peur, et du même coup la ravaler, pour en douter la seconde d'après, s'en protéger en ne voulant pas y croire.

(Quoique, à la vérité, un quelconque voisin curieux, par hasard à l'affût derrière son carreau, n'aurait pas fatalement trouvé étrange l'attitude d'Aline Bihrlinger courant comme une folle sur le chemin de terre du passage, car d'Aline Bihrlinger on s'attendait sans étonnement excessif qu'elle accomplît des actes plus étranges...)

Elle brisa donc sa course avant d'avoir franchi une dizaine de mètres. Et l'expression crispée, marquée, qui semblait racornir vilainement ses traits, tomba de son visage dans le même temps, dans la seconde, après qu'elle eut secoué la tête dans un embroussaillement de mèches blondes, en un de ces mouvements qui lui étaient coutumiers, comme un chat qui s'ébroue en sortant de la rivière où il a été jeté.

Elle prit une longue inspiration — elle était alors quasiment immobilisée, elle semblait hésiter entre poursuivre sa marche, reprendre sa course, ou même revenir sur ses pas —, puis exhala. Le sourire ordinaire ne monta pas jusqu'à ses lèvres, mais son expression n'en était pas loin. Elle offrait un visage tranquille, moins d'une demi-seconde après avoir exprimé ce qui n'était pas loin de la terreur.

Elle referma les pans de son ciré, le boutonna, noua la ceinture, en remonta le col. Reprit sa marche — pas sa course.

(Quelque voisin curieux, la voyant en cet instant,

n'aurait sans doute rien trouvé de mieux à se dire qu'un banal : « Tiens, voilà Aline Bihrlinger qui passe. »)

Aline remonta toute la rue de la Gare à une allure qui n'avait rien d'extraordinaire, marchant rapidement, sans plus, poussée, eût-on dit, par le claquement pressé de ses talons sur le ciment du trottoir, comme on marche vite dans une rue vide, par un temps gris pas très chaud, quand des gouttes de pluie solitaires portées par les rafales de vent laissent craindre l'averse à tout instant.

Elle prit à gauche, au carrefour de la rue d'Alsace, suivit le trottoir sur environ trois cents mètres — c'est-à-dire qu'elle traversa pratiquement tout le cœur du bourg —, avant de traverser avec beaucoup de discipline dans les bandes blanches du dernier passage pour piétons, bien qu'en cet instant la circulation automobile fût nulle. Sur l'autre trottoir, elle poursuivit sa marche pendant cinq minutes encore, prit une rue étroite transversale — la rue Ferry. Elle passa à hauteur d'un groupe de fillettes d'une douzaine d'années — l'une d'elles emmitouflée comme en plein hiver alors que les autres bravaient la fraîcheur en tenue quasiment estivale — qui jouaient et discutaient à hauteur de l'entrée du collège. Quand elles l'aperçurent, les fillettes cessèrent de jacasser, et c'était comme si cette interruption commandait au silence le plus lourd qui soit. Aline n'y pouvait rien, en avait pris l'habitude au point qu'elle ne trouvait même plus cela bizarre ou dérangeant : son approche cassait toujours les bavardages des enfants, qu'elle les eût en cours de dessin ou non. La fillette vêtue comme en plein hiver lui glissa au passage un « Bonjour, m'dame » aussi furtif que le coup d'œil par en dessous accompagnant le salut.

« Bonjour ! » dit gaiement Aline.

Et elle franchit l'entrée, se lança dans la traversée de la cour vide. Elle perçut derrière elle les jacassements qui reprenaient lorsqu'une bonne dizaine de pas l'eurent séparée des enfants...

Elle traversa la cour, mais ne monta pas chez elle, dans l'appartement de fonction qu'elle occupait sur les lieux de son travail, au second étage de l'aile gauche des bâtiments tout entière réservée au logement des enseignants. Elle se dirigea vers les garages.

Devant la porte close de son box, Aline fouilla les poches de son imperméable... et, dans chaque main, en retira une série de clefs de différents formats. Pendant quelques secondes, immobile, elle fixa dans le creux de sa paume gauche les clefs de la véranda et de la porte d'entrée de la maison, qu'elle avait par mégarde emportées avec elle. L'effort de réflexion qu'elle fit creusa des rides verticales au milieu de son front, sous les mèches folles. Puis les rides s'effacèrent. Elle rempocha les clefs inadéquates. Ouvrit la porte du garage, qui bascula dans ce grand bruit habituel mélangeant les grincements aux ronflements orageux de la tôle — ce bruit qu'au beau milieu d'un tel silence environnant on devait fatalement entendre de la pièce la plus reculée du dernier des appartements de fonction... comme le petit séjour du troisième étage donnant sur l'autre façade qu'occupait Christophe... à moins qu'en cet après-midi pratiquement dominical quelque compétition sportive retransmise à la télé ne lui emplît à plein pot ses oreilles de prof de gym.

Aline extirpa d'autres clefs de la poche de son ciré.

Elle se laissa tomber derrière le volant de la R5, démarra sans perdre une seconde. Elle quitta le box du garage et ne prit pas la peine d'en refermer la porte. A peine jeta-t-elle un coup d'œil rapide aux fenêtres des appartements, à celle de la cage d'escalier où Christophe aurait pu éventuellement s'encadrer si le son raisonnablement réglé de sa télé lui avait laissé la possibilité de sauter sur ses pieds...

Personne aux fenêtres.

Elle traversa la cour en diagonale, ce qui était formellement interdit à toute voiture, étrangère ou non à l'établissement, et lui vaudrait sans aucun doute les réprimandes bafouillantes de colère du principal qui devait déjà guetter son retour à partir de cette seconde... Devant l'entrée, les gamines jacassantes s'interrompirent une fois de plus et regardèrent passer la voiture, se poussant machinalement contre le mur, à l'extrême bord intérieur du trottoir, comme si même là elles craignaient d'être en faute, pas à la bonne place.

Aline roula dans les rues. Pas vite, prudemment. Non sans avoir consciencieusement bouclé sa ceinture de sécurité. Elle avait fréquemment un mouvement qui lui tendait le dos, creusait ses reins puis courbait ses épaules, comme si elle cherchait une bonne position, ou essayait de se débarrasser de quelque chose de gênant fiché sous ses vêtements, entre ses omoplates. A moins que ce ne fût là une attitude traduisant un souci d'extrême et malhabile prudence. Une tension très exagérée qui rendait finalement cette conduite aux allures à la fois « limaçonne » et crispée tout aussi dangereuse que si elle avait foncé comme un boulet de canon.

Un quart d'heure plus tard, et sans encombre, la R5

s'engageait sous l'entrée d'une autre grande cour, nettement moins déserte que celle du collège. Une cour qu'il était impossible de traverser en diagonale, et dont il convenait de suivre le circuit menant aux parkings, en prenant bien garde de ne pas écrabouiller au passage quelque petit vieux, pensionnaire des lieux, ni quelque visiteur venu apporter des chocolats interdits à un malade au teint jaune comme un pamplemousse.

L'hôpital rural faisait principalement fonction d'hospice, de garderie pour vieillards mal fichus, sur la pente déclinante, qui avaient choisi de finir leur retraite hors de chez eux, ou de passer là ce qu'ils pensaient être un moment de leur retraite — ou encore pour qui on avait fait ce choix. Le bloc opératoire était certainement moins important que la salle d'opération d'un vétérinaire de chef-lieu de canton. On n'y tranchait pas, on n'y découpait pas dans l'espoir d'accomplir ces exploits ordinaires qui défilent à la chaîne du quotidien entre les murs carrelés du plus banal des hôpitaux de campagne. On y recousait éventuellement un bobo, mais surtout, on « accueillait », on maintenait en vie, on soignait, on vidait les plats-bassins, on lavait les vieilles fesses ridées, on changeait les pansements jusqu'au dernier, on attendait principalement que les pensionnaires meurent, presque surpris quand ils sortaient guéris, comme si l'exploit, bien loin du quotidien et du banal, celui-là, se fût trouvé dans ce départ d'un pensionnaire sur ses deux jambes — et encore savait-on bien qu'il allait revenir bientôt, le bougre de fuyard.

Aline trouva une place au parking, pas loin de l'entrée.

Sur ce trajet de moins de dix mètres qui la séparait du porche, elle croisa six personnes qu'elle connaissait, divisées en deux familles, dans la proportion de deux tiers-un tiers et se vit obligée d'échanger avec elles salutations d'abord, puis considérations multiples sur le temps qu'il faisait, l'état de santé de ceux à qui on venait rendre visite ou à qui on venait de rendre visite, etc., quittant le premier groupe de quatre pour tomber sur le couple suivant. Aucune de ces six personnes ne se douta un seul instant de l'état de crispation nerveuse dans lequel se trouvait Aline Bihrlinger — la jeune fille aimable qu'on connaissait depuis toujours (devaient-ils dire plus tard, tous les six) et avec qui, ce jour-là, « on avait bavardé un moment très tranquillement sur le pas de la porte de l'hospice ».

Il était 16 heures passées quand elle poussa la porte de la chambre particulière.

Angèle Bihrlinger avait été jolie.

Personnellement, Aline ne s'en souvenait pas. Mais elle le savait. Il existe toujours des photographies, jaunies ou non, tavelées comme une peau de truite ou bien encore lisses et sans le moindre défaut, en noir et blanc ou en couleurs, déjà ; dans des boîtes de carton comme on n'en fait plus et qui ont contenu originellement Dieu sait quoi, ou des boîtes de fer peintes qui ont contenu des biscuits ; dans des boîtes ou encore des albums, qui sont faits pour cela, dont les pages de carton gris sont fendues aux différents formats des photos qu'on glisse dans ces encoches, à moins qu'il ne s'agisse de pages claires recouvertes d'une sorte de pellicule translucide et plus ou moins adhésive sous laquelle on insère les clichés.

Il existe toujours des photographies qu'on garde, ou dont on a oublié l'existence — dans des fonds de boîtes, d'autres boîtes, non spécifiquement destinées aux photos, qui contiennent des tas de choses du passé. Qui ont échappé aux colères et aux flammes.

Sur les photos, Angèle Bihrlinger était jolie.

Et surtout, terriblement, comme ces blessures dont on dit qu'elles laissent une *belle* cicatrice, sur ces photos où elle souriait en compagnie de Georges Bihrlinger. Car il n'avait pas fait que passer, non, il n'avait pas été ce « coup de vent » que se plaisait à décrire — ou ne pas décrire — la femme abandonnée devenue presque laide, même aux yeux (qu'on pourrait croire être ceux de l'indulgence) des deux filles qui l'appelaient « maman » ; Georges Bihrlinger n'avait pas été ce coup de vent, cette bourrasque abhorrée, l'incarnation fulgurante du haïssable : il était resté au moins suffisamment longtemps pour que son image demeure après lui, sur des photos qui couvraient une période de plusieurs années. Au moins sept.

Mais pour ceux qui ne se souvenaient pas, ou qui n'avaient jamais eu l'occasion de regarder les photographies retrouvées au fond de quelque boîte anonyme, Angèle Bihrlinger ne pouvait raisonnablement avoir été jolie. A moins qu'ils ne vissent l'une à côté de l'autre la mère et la fille cadette, Aline. Alors quelque chose de frappant s'imposait — point commun dépassant la coïncidence (qui ne pouvait même pas sérieusement s'intituler coïncidence) de la lettre A commençant les deux prénoms. Quelque chose de frappant et de terrifiant, qui laissait entrevoir la réalité d'une beauté étrange qui avait donc bel et bien existé, mais que Dieu sait quelle torture, comme un garrot, avait broyée dans ses serres. Et ce qui frappait, terrifiait, était qu'une telle horreur, infernale torture au quotidien, pût exister. Et qu'après tout personne ne s'en trouvât à l'abri.

Ce pointu mutin qui dessinait le charme du visage d'Aline existait véritablement dans le masque de sa mère. Sauf qu'il n'était que cela, plus que cela, rien que cela. Creusé dans l'os, en angles durs et en creux profonds, sous une peau tendue, fine, tendue et pourtant craquelée de rides. La denture apparente (alors qu'en réalité elle existait à peine) sous les lèvres proéminentes ; les pommettes traçant avec une précision spectrale l'arête osseuse du crâne ; le nez et le menton comme les deux parties d'un bec ; le creux des tempes marquées depuis quelque temps par des taches brunes ; les cheveux qui avaient été blond cendré (naturellement blond cendré, et de cela Aline pouvait se souvenir) et qui maintenant n'étaient plus que blancs, rares, trop fins, ridiculement trop frisés, et laissaient apercevoir ce qui semblait être pire que la peau du crâne, l'os.

Elle n'avait pas soixante-cinq ans.

Le médecin avait parlé de sénilité et de démence précoce. Et sans doute s'était-il cru obligé d'expliquer, de donner ses raisons, son avis, emberlificotant le tout dans une pléthore d'autres termes savants, médicaux — langage de spécialiste qu'avait écouté sagement Aline, se surprenant à se dire qu'elle avait sans doute le même regard attentif dans l'incompréhension que celui de ses élèves les moins dissipés quand elle parlait d'équilibre, de points de fuite et de nombre d'or pour leur expliquer un tableau... Mais il avait expliqué, gentiment, patiemment, et elle avait écouté, gentiment, patiemment ; elle avait attendu qu'il cesse, se taise enfin, et n'avait rien laissé transparaître de l'horreur qui l'avait saisie quand elle s'était soudain trouvée incapable de remarquer autre chose, sur le visage du médecin, que sa bouche aux lèvres molles et humides qui déversaient les mots, et cette verrue noire qui lui marquait le centre de la joue gauche.

Sénilité précoce. Démence précoce.

Cela se traduisait par quelque quarante kilos de chairs et d'os, beaucoup trop de chairs et d'os pour faire déjà un fantôme véritable, bien trop peu pour composer encore un être humain véritablement vivant. En balance entre deux mondes.

Mentalement en balance, également. Car ces quarante kilos de fausse vieille femme se souvenaient parfois qu'ils possédaient visage humain. Derrière ce visage, quelque chose qui dormait (qu'on appelait la maladie) se réveillait alors, de temps en temps. Comme sous la cendre un pétillement de braise. Pas une flamme — pas jusque-là. Un pétillement de braise, très précisément, et qui brillait alors au fond des yeux si terriblement enfoncés dans leurs orbites. Le pétillement signalait l'éveil. C'est tout.

Elle était couchée dans le lit, ce jour-là. Parfois, elle était assise dans le fauteuil où on l'avait posée. Cet après-midi, non, personne ne l'avait transbordée du matelas aux coussins.

Elle avait la tête tournée en direction de la fenêtre, mais il était fort improbable qu'elle ait eu ce mouvement d'elle-même. Fort improbable, quoique possible, bien sûr. Tout était possible. Et même qu'elle se dresse tout à coup, squelettique et terrifiante, qu'elle lance ses bras en avant, pour embrasser, pour se remettre à vivre, qui sait. Pour s'évader.

Aline fit le tour du lit, afin de regarder en face le visage de sa mère. L'ombre qu'elle interposa entre la clarté de la fenêtre et le visage cireux ne changea rien.

Les yeux ne voulaient pas pétiller. Les paupières étaient closes et ne se relevèrent pas.

Un moment, elle attendit là, debout. Un instant, et de même que l'on pouvait deviner sous la marque des tortures indicibles la beauté de l'enfant disparue dans le carnage, on put lire sur le visage de la fille les prémices de ce qui avait causé l'épouvantable ravage du faciès de la mère. Un court instant. Mais suffisamment long pour qu'un éventuel témoin, remarquant la caresse noire, en soit glacé d'effroi.

Puis elle dit (et son expression se situait quelque part à l'avant-garde du sourire ordinaire). « Maman... »

N'appelant point. Disant le mot, tout simplement, sans qu'il soit prononcé suffisamment fort pour être compris comme un appel. Juste pour être entendu.

Aline soupira, frissonna. Au-delà des murs de la pièce, il y avait des bruits qui flottaient, et qui disaient sans erreur possible l'identité de cet endroit, un jour de novembre férié. Des échos rebondissants. Des rires d'enfants qu'on sermonnait parce qu'ils faisaient trop de bruit.

Elle tira la chaise à elle, et s'assit. Dans le mouvement, son ciré qu'elle n'avait pas retiré fit d'autres bruits qui l'enveloppèrent. Elle entendit tinter au fond de sa poche les clefs qu'elle avait oublié de donner à la locataire.

« Maman », répéta Aline.

Les paupières du visage de cire restèrent closes. *Maman...* Cette chose toujours vivante. Qui respirait encore, au fond des invisibles chaos bouillonnant sous le masque...

« Maman, écoute-moi. »

Et peut-être un vrai frémissement courut-il sous les paupières froissées…

« Tu m'entends ? » dit Aline.

Elle parlait bas, d'une voix rauque. Son regard brillait d'un bleu bizarrement fané, comme corrodé par la violence de ce qui y brûlait. Elle déglutit avec effort, puis son sourire vint, monta, s'installa — un sourire qui n'avait rien de joyeux, qui était tout le contraire, en vérité, de ce pour quoi est fait un sourire. Elle dit : « Elle a sa voix, maman. Tu m'entends ? Elle a sa voix, elle fume ses cigarettes, elle porte sa bague… Elle était prête à monter à l'étage, maman, *chez elle.* » Et puis, après une pause : « C'est elle, et elle est venue me chercher, comme convenu. »

Les paupières d'Angèle Bihrlinger s'ouvrirent d'un seul coup, avec, dans cette soudaineté, quelque chose d'indéniablement violent. Sans hésiter, son regard tomba dans celui d'Aline, comme si elle l'avait prise pour cible depuis longtemps à travers l'écran parcheminé qui obturait ses yeux, glauque et froid.

Aline eut un mouvement de recul instinctif et la pâleur descendit sur ses joues.

« Maman ! » souffla-t-elle encore.

Elle serrait dans sa poche les clefs de la maison, les tournait et les retournait entre ses doigts. C'était le seul et unique bruit dans la pièce.

Le visage terreux et cadavéreux de la vieille femme se crispa sous l'effet d'une convulsion interne douloureuse, un effort pathétique pour retrouver une mobilité perdue et qui menaçait, eût-on dit, d'aboutir à un effritement complet. Il se produisit un changement à la surface du masque, pareil à une plaie noire qui, à peine entrouverte, évoquait une profondeur cachée, vorace et béante : les lèvres sèches, cassantes, se décollèrent l'une de l'autre.

« Emmène-moi », dit-elle.

Aline souriait. Masque, elle aussi. Masque de pierre lisse.

« Ne me laisse pas, dit la femme allongée sur le lit. Aline, ma petite, ne me laisse pas ici, s'il te plaît... »

Maman...

Sa main décharnée quitta le drap blanc sur lequel elle était posée pour glisser vers la jeune fille. Ce mouvement, comme celui d'une araignée osseuse et rampante sur des pattes sans force, provoqua un autre sursaut d'Aline, qui se leva vivement. La chaise repoussée fit un bruit retentissant, un réel vacarme ; dans le silence lourd qui suivit, la respiration des deux femmes emplit toute la pièce de son double rythme chuintant, souligné par le gémissement saccadé qui montait de la gorge de la malade. Le regard de celle-ci était collé au visage blême de sa fille, et ne cillait pas plus que si ses paupières avaient été pétries dans une lourde glaise.

« Tu pourrais guérir, hein ? » souffla Aline sur un ton qui traduisait à peine une interrogation. « Tu guériras, si elle revient, n'est-ce pas ? »

Elle se tenait à moins d'un mètre du lit, debout devant la chaise repoussée par son mouvement de recul, raidie, les mains crispées dans les poches de son ciré. Sa simple respiration suffisait à faire crisser la matière vinylique du vêtement.

« Je sais que c'est elle, dit la vieille femme d'une voix râpeuse. Je le savais avant que tu viennes. Je ne dormais plus. Je ne dors plus depuis longtemps... »

Elle tentait de se redresser sur un coude. Le drap sur son corps menu, bien trop lourd, l'entravait comme un filet, plombant la moindre de ses tentatives de mouvement.

D'une voix qui avait perdu un peu de sa fermeté, Aline répéta : « Elle fume ses cigarettes... elle porte sa bague...

— C'est elle, dit Angèle Bihrlinger, hochant sa vieille et abominable tête. C'est ma fille. Aide-moi, Aline, à descendre de ce lit et à sortir... d'ici.

— Ne me touche pas ! » s'exclama sourdement Aline.

Pourtant, elle ne bougeait pas. Elle restait là, le bord de la chaise lui touchant les mollets. L'idée de faire un pas de côté ne semblait pas l'avoir effleurée une seconde, alors qu'une vraie fascination impressionnait progressivement ses prunelles. Elle ne pouvait détourner son attention de la main qui se tendait vers elle avec détermination, qui ne se trouvait plus maintenant qu'à quelques centimètres de son ventre.

La vieille femme déployait des efforts étonnants pour glisser hors du lit, s'extraire de ses draps. Cette soudaine énergie qu'elle manifestait, irradiant comme du cœur de ses os, de chaque point de son être friable, présentait un contraste saisissant avec cet aspect de fragilité absolue et cette décrépitude rien moins que spectrale qui caractérisait son apparence quelques instants auparavant. Des ahans caverneux se mêlaient aux gémissements hachés ainsi qu'aux graillements des inspirations qu'elle tirait en force de l'extrême profondeur de ses poumons.

« Laisse-moi, dit Aline. Tais-toi. »

Ce n'était ni le ton d'une injonction, ni celui d'une prière. A peine concerné.

Elle regardait la main.

Celle-ci s'immobilisa à moins de dix centimètres d'elle.

« C'est Mathilde, dit la vieille caricature de femme. Aide-moi, Aline, ma petite fille... »

Elle ne cillait pas. Elle regardait Aline, et c'était un regard taillé dans quelque chose de blafard et de dur.

Aline frissonna dans son ciré bruissant. La méchante rigidité de ses traits parut se fissurer, s'altérer sous l'influence d'une émotion — enfin. Progressivement, par cette lézarde, l'épouvante ahurie se répandit.

« Maman, murmura-t-elle. Maman... »

A la fois cri et gémissement.

« Maman, tu ne peux pas sortir, tu le sais bien. Tu ne peux plus rester avec moi... Tu sais bien que je n'aurais pas la force...

— Mais Mathilde est là, dit la vieille femme. Revenue, maintenant. »

La douleur éventra Aline de part en part. La douleur enflamma ses yeux redevenus des yeux.

« Tu l'as tuée », gronda-t-elle rauquement, hébétée par les mots qui semblaient jaillir de sa gorge sans qu'elle les eût contrôlés. « C'est toi, maman, c'est toi, et non pas moi ! Dis que c'est toi ! Dis que ce n'est pas moi ! »

La même douleur tordue et grimaçante tomba sur le masque d'Angèle Birhlinger. De la plaie noire et édentée, entre les lèvres, elle arracha les mots : « *Rends-lui les clefs ! Laisse-la tranquille dans sa maison !* »

En même temps, la main pareille à une serre se refermait sur le pan du ciré, à hauteur de la poche au fond de laquelle les doigts d'Aline s'étaient repliés sur les clefs.

Un cri de terreur pure, bref et soudain, lui déchira la gorge. Elle recula, et dans le mouvement sa main libre jaillit de l'autre poche, frappa sèchement le poignet sec de la vieille femme. Frappa une et plusieurs fois, pour lui faire lâcher prise, le mouvement de recul d'Aline ayant pour effet d'entraîner le corps d'os qui s'écroula au sol — où il demeura, prostré, inerte, incroyablement petit, comme une malheureuse marionnette aux fils tranchés... puis secoué par les sanglots sans larmes qui montèrent au bout d'un temps extraordinairement long et figé.

Aline recula encore, et encore, mécanique, automatique. Son dos toucha la porte. Comme une menace dure plaquée entre ses omoplates. De cet endroit, elle ne voyait plus le corps de sa mère, affalé de l'autre côté du lit, ni les doigts crochus de sa main, ni les marques rouges, déjà presque bleuâtres, du poignet.

« Elle est venue me chercher ! » cria-t-elle.

Les gémissements et reniflements qui s'élevaient du sol s'interrompirent.

« Comme convenu », dit Aline.

Sur un ton qui, cette fois, exprimait surtout la cassure terrorisée de la voix, au bord de ce grand sourire terrible, qui montait.

Aline marchait dans le couloir désert d'un pas rapide, la tête bourdonnante comme au réveil d'un cauchemar tonitruant. Elle avait eu en sortant de la chambre un bref malaise qui l'avait obligée à s'appuyer au mur un instant, le temps que ce brouillard étincelant s'éteigne et se disperse dans sa tête. Elle en avait l'habitude et ne s'en inquiétait plus — ils étaient moins fréquents, à présent, et le docteur lui avait assuré qu'un jour prochain ils auraient totalement disparu.

A l'instant où Aline quitta l'hôpital rural, sa mère allongée sur son lit avait la même position qu'à l'arrivée de la jeune fille, la tête tournée en direction de la fenêtre, mais les yeux ouverts, bien qu'il fût très improbable qu'elle vît quoi que ce fût. Fort improbable, quoique possible.

Vers 18 heures, quand elle rentra, elle trouva la porte de son garage fermée, se souvint qu'elle l'avait laissée ouverte, avec, donc, très certainement, la clef toujours sur la serrure. (Pourquoi ne pas se résoudre à joindre cette clef à celles de la voiture ou de l'appartement ? C'était probablement la cent millième fois qu'elle se posait la question…) Par pur automatisme, elle fouilla ses poches et la boîte à gants de la voiture, sachant fort bien qu'elle n'y trouverait pas ce qu'elle cherchait.

Entre ses dents, elle grommela des injures parfaitement ordurières, du flot desquelles émergeait le nom du principal. C'était bien du genre de Vandeurt que d'avoir concocté cette vengeance minable, tout simplement parce qu'elle avait roulé dans la cour. On imaginait sans difficulté sa gueule de constipé chronique et l'effort qu'il faisait pour ne pas laisser s'échapper le rire de satisfaction contenu, tandis qu'il allait refermer cette porte basculante qui le narguait, béante, comme une insulte personnelle, et en *confisquait* la clef.

Mais elle se trompait.

Comme elle quittait la voiture, elle entendit claquer la porte d'entrée des appartements, à l'autre bout de l'allée coincée entre la haie qui marquait la limite du « territoire » du collège et une bordure difficilement identifiable qui d'ailleurs ne fleurissait jamais.

Christophe arrivait. Sans se presser, mains dans les poches distendues de son éternel survêt rouge à bandes blanches, roulant des épaules à sa manière habituelle, c'est-à-dire naturelle et sans ostentation. Il en était à quatre ou cinq jours de barbe — depuis le début de l'été, c'était là un des problèmes majeurs qu'il ne parvenait visiblement pas à résoudre : se laisser ou non pousser la barbe ; il tenait un certain laps de temps puis rasait tout pendant un autre certain laps de temps ; son record de folle pilosité avait failli atteindre deux semaines. En revanche, il perdait ses cheveux, et sur ce phénomène pileux ne pouvait exercer aucun contrôle — c'était un autre de ses problèmes. Il prétendait que c'était la faute de la piscine et du bonnet de caoutchouc que le règlement vous obligeait à porter (il avait envisagé à un moment une opération compliquée de représailles, dont le trait de génie principal était qu'il allait prétexter une allergie au chlore, avec certificat médical à l'appui, afin d'être exempté de cours de natation ; pendant toute une soirée, il avait échafaudé un autre plan qui devait lui permettre de soudoyer un médecin quelconque, pour ce certificat...). Il avait vingt-six ans.

« Je t'ai attendue, dit-il, à cinq pas d'Aline. Je t'ai guettée par la fenêtre. Et je t'ai vue arriver, comme un bolide.

— Salut », dit Aline.

Christophe se pencha — il avait bonnement trois têtes de plus qu'elle — et lui posa une bise sur chaque joue. Quand il embrassait, ça claquait vraiment ; il n'était pas du style à frotter sa joue contre la vôtre en faisant, des lèvres, un petit bruit dans le vide. Il expliqua tout le cheminement de son opération, comme s'il s'était agi d'un vrai sauvetage, duquel eût dépendu la vie d'Aline : « J'étais là à bouquiner, j'attendais que tu reviennes de la gare, quand j'ai entendu la porte d'un des garages. Je me suis mis à la fenêtre et je t'ai vue partir, comme un bolide...

— Est-ce que tu ne pourrais pas arrêter ça ?

— Arrêter quoi ?

— " Comme un bolide ", à chaque fois que tu fais allusion à cette voiture et à moi au volant...

— Et alors, je t'ai vue partir... Bon. Un peu après, je sors pour me dégourdir les jambes, et je vois ta porte ouverte, avec la clef dessus. »

Il tira une main de sa poche, tendit la clef à Aline. « Ça va ? »

Elle prit la clef du garage, haussa une épaule. Le sourire vint.

« Ça va mieux, oui... Merci, Tophe. Je croyais que c'était le vieux Vandeurt qui l'avait prise. J'ai roulé à travers la cour en partant et...

— C'est pour ça que je te demandais si ça allait. T'es partie comme un... en catastrophe, là, sans même refermer ta porte de... »

Elle secoua la tête et fit voler ses mèches.

« Mais non, pas du tout. Ça va... J'étais restée un peu longtemps avec la locataire de la maison, et j'étais en retard pour aller voir maman, c'est tout.

— Ça, dit Christophe avec un lent hochement de

tête... C'est sûr que ta mère a dû se rendre compte de... »

Aline trancha : « Il y a des fois, oui, où elle se rend compte. On ne peut jamais savoir quand... Peut-être même plus souvent qu'on ne l'imagine.

— Ouais... », fit le prof d'éducation physique.

Il regarda Aline qui manœuvrait pour rentrer la voiture dans le garage. Il se mit à sautiller sur place, dans ses tennis délacées, un peu comme s'il ne commandait pas véritablement les soubresauts qui semblaient plutôt s'imposer, monter d'eux-mêmes sous les plis de son survêt rouge à bandes blanches. Aline quitta la voiture et le garage. Christophe cessa de s'agiter, levant à peine la main pour attraper le bord de la porte à bascule et la pousser vers le bas.

« Tu l'as vue, alors », dit-il tandis qu'Aline verrouillait la serrure, accroupie.

Elle se redressa. « Évidemment je l'ai vue.

— Ha-ha... Elle ressemble à quoi ? »

Elle posa sur lui, les yeux levés, un regard de parfaite incompréhension.

« Mais non ! fit Christophe après un temps. Pas ta mère. La fille du cinéma... Tu m'as dit que c'était une fille du cinéma, non ?

— C'est une scénariste, oui. Elle écrit des scénarios, donc.

— Merci. Ça c'est chouette, comme information. »

Aline se mit en marche vers la porte d'entrée, et Christophe suivit.

« Elle est très belle. Elle te plairait, dit Aline, souriante.

— Ha-ha... Elle te ressemble ?

— Tophe, s'il te plaît ! Arrête avec ça. C'est comme

de me dire que je roule comme un bolide... » Dans le couloir, c'était plein d'échos résonnants ; un simple éternuement prenait des proportions cataclysmiques. Aline baissa la voix. « Et alors, tu es allé te dégourdir les jambes ? »

Il montait les marches sans effort, trois par trois, mains toujours dans les poches de son jogging avachi. Les lacets de ses tennis flottaient ; on aurait dit qu'il n'avait jamais appris à les nouer correctement, et c'était à se demander comment il ne passait pas son temps à se casser la figure en marchant dessus.

« Ben non. Quand j'ai vu ton garage ouvert, je l'ai refermé — c'est pas prudent de laisser un garage ouvert. J'ai pris la clef et je t'ai attendue pour te la redonner. Je pouvais pas m'en aller, et que tu reviennes, et que tu te retrouves là, comme ça... »

Brave Tophe !... Avec un événement comme celui-là, il était capable de faire une soirée, d'alimenter une conversation sans cesse répétée, fourmillante de détails précis, sur le sujet... Brave Tophe qui, sans que cela lui pose le moindre problème, avait changé comme si cela allait de soi le programme de cet après-midi de congé, pour simplement rendre service, et parce qu'il s'était trouvé dans une situation qui faisait de lui l'homme du moment... Pauvre, pauvre Tophe, amoureux sans aucun doute d'Aline — évidemment —, depuis cette soirée donnée par le couple Baudrin — profs de maths — pour leur anniversaire. Au cours de laquelle ils avaient dansé. A la fin de laquelle il l'avait embrassée. Embrassée, et c'est tout. Et pas plus tard que le lendemain, Aline lui avait fait comprendre avec infiniment de précautions qu'il n'était qu'un copain, un bon copain... et il avait hoché la tête, approuvant... et depuis, attendant. Et depuis, montant la garde du garage, récupérant les clefs...

En même temps qu'elle, il s'arrêta devant sa porte.

« Tu viens prendre un verre de quelque chose ? »

Difficile de le laisser, comme ça, retourner dans sa tour de guet... Il se paya le luxe d'une mimique hésitante, jouant celui-qui-dit-oui-pour-vous-faire-plaisir.

Ce fut un verre de jus de fruits (Tophe étant dans une période sans alcool : encore un autre des cycles problématiques sur lesquels il réglait sa vie... alcool ou pas ? Barbe ou pas barbe ?...). Et ce fut davantage qu'un verre. Comme si tout à coup, finalement, la compagnie de Christophe, sa conversation qu'on n'avait pas de mal à alimenter — qui pouvait fort bien se suffire à elle-même et s'autonourrir sans l'ombre d'un problème — était ce qui pouvait convenir le mieux à l'instant. Comment casser une solitude qui menace d'être lourde — et quand à cause de cette menace on est restée dix fois plus de temps que nécessaire au chevet d'une femme couchée en compagnie de sa mort —, sans pour autant courir le risque d'être envahie par la présence amicale ? Réponse : Tophe.

Il resta. Dit : « Ouais, si tu veux, tiens... » Quand Aline lui demanda s'il voulait manger un morceau avec elle. Ce fut un gros morceau : deux barquettes de gratin d'églefin cardinal, pommes duchesse, directement tirées du bac congélateur et une demi-heure au four préchauffé, thermostat moyen. Salade d'endives et de tomates. « Je vais te faire la sauce de salade ! » dit Christophe. Il était spécialiste de la sauce de salade. Il expliqua le pourquoi et le comment. « C'est con que tu n'aies pas de truc à micro-ondes, pour réchauffer les plats », dit-il. Aline admit. Signalant toutefois que d'après ce qu'elle avait lu ou entendu ici et là, les emballages d'alu n'étaient pas recommandés pour les micro-ondes. « Oui, mais c'est con quand même que tu n'en aies pas », insista Christophe. La conversation roula sur les mérites et les inconvénients de la cuisine selon ce procédé. Longtemps. Et même après qu'ils eurent fait la vaisselle, Christophe était capable de reprendre tout du début.

Ils regardèrent la télévision. Aline du fond de son fauteuil, Christophe assis sur la moquette, en tailleur. Il y avait un film nul. Christophe commentait et prévoyait l'action, voire le dénouement, en spectateur à qui on ne la fait pas. Quand il mettait dans le mille, il exultait, lançait une série de « Tiens ! » ; quand il se plantait, il gardait le silence et hochait la tête, l'air de dire malgré tout : « Tiens... ils sont moins cons que prévu... » Il regardait un film comme un match de foot.

Piqua du nez deux ou trois fois, et le dénouement n'avait rien de commun avec ce qu'il avait prédit. Il se leva. Il allait se coucher — il avait « hand avec les troisièmes, demain, à 9 heures, les salauds »... Bises sonores.

Elle referma la porte derrière lui, l'entendit qui grimpait à l'étage supérieur en sifflotant dans le couloir rempli d'échos rebondissants.

Un long moment, parfaitement immobile, elle se tint debout là, devant le téléphone. Puis elle secoua la tête. Elle dit (ce n'était qu'un murmure haché, mais pourtant prononcé à voix haute) : « Pas à cette heure-ci. Elle doit dormir... surtout après ce voyage... »

Tendit l'oreille, comme si elle cherchait à entendre encore sa propre voix qui venait de prononcer les mots... Elle frissonna... prenant conscience du bruit de la pluie qui frappait en bourrasques les doubles vitres ; le vent faisait vibrer le volet roulant à l'intérieur de son caisson. Aline se dirigea vers la fenêtre, devant laquelle, encore, elle demeura plantée immobile un long moment. Elle regardait l'extérieur, et tout ce qu'elle pouvait en voir était ce relief aqueux des bâtiments proches cernant la cour du collège, éclairés par les deux rampes qui restaient allumées toute la nuit, comme les lampes de rue. Les bourrasques tourbillonnaient, avec des feuilles mortes mêlées aux trombes d'eau. La cour asphaltée brillait, noir et argent, irisée en or tremblant sous les rampes.

Elle descendit son volet, qu'une fois déroulé le vent secoua sur un autre ton.

Elle retourna prendre place dans son fauteuil, les jambes repliées sous elle, le regard fixe braqué sur l'écran de télévision. Elle resta ainsi jusqu'à ce qu'une émission s'achève et qu'éclate le jingle de la pub, qui la fit sursauter. A l'évidence, elle aurait été parfaitement incapable de dire le contenu de l'émission qui venait de se dérouler sous ses yeux... Mais tout à coup, le petit sourire automatique et tranquille — qui n'était que la marque de l'expression habituelle qu'elle portait pratiquement comme un maquillage — avait fait sa réapparition sur ses lèvres entrouvertes. Une expression habituelle, oui... décidée.

Elle éteignit le poste. Dans la minuscule cuisine de l'appartement, elle se fit réchauffer du café, en but une tasse, sans sucre, et une seconde. Elle but tout en regardant la pluie fouetter les vitres de cette fenêtre au volet non tiré. Après quoi, Aline se dirigea vers le grand portemanteau de bistrot, dans un angle du living, où elle avait accroché son ciré noir.

Elle marchait rapidement. La pluie frappait bruyamment le ciré, dégoulinait sur le vêtement lisse. En moins de deux minutes, le bas de son jean était trempé. Sur le trottoir, les semelles de ses baskets rendaient à chaque pas un bruit spongieux. Elle avait relevé ses cheveux sous le bonnet de marin qu'elle coiffait immanquablement lorsqu'elle allait faire une promenade en forêt; l'averse en avait détrempé la laine en deux fois moins de temps que le jean.

Mais quand elle avait atteint la rue d'Alsace, jetant un coup d'œil derrière elle et remarquant la lumière qui brillait encore à la fenêtre de la salle de bains de Christophe, elle n'avait pas regretté de n'avoir pas pris sa voiture. Mieux valait encore cette douche froide en pleine nuit au risque d'affronter le lendemain la curiosité du sportif à l'ouïe super-développée.

La rue était vide. Pas l'ombre d'un chien pour contredire l'expression en rapport avec le temps qu'il faisait, pas un piéton, et même pas de circulation automobile. Aline se hâtait, courbée, serrant sous son cou, dans une main qui se frigorifiait, le col de son vêtement. Elle rasait les murs, au mépris des cataractes intermittentes que le vent, troussant les chéneaux remplis à ras bord, déversait. Elle n'avait aucune idée de l'heure exacte, et ne s'en préoccupait pas; tout ce qu'elle savait, c'est qu'avant de quitter son appartement elle avait jugé ne pas courir le risque de se trouver mêlée à la sortie des cinémas. Il n'était pas minuit.

Elle courait presque en descendant la rue de la Gare.

Ralentit lorsqu'elle se retrouva à l'entrée du passage. Derrière les volets de bois tirés de la première maison, il y avait un fil de lumière. Un des arcs de la lampe de rue ne fonctionnait pas. Aline s'enfonça rapidement dans le trou de noirceur qui s'ouvrait, complice de la lampe défaillante, à l'entrée du cul-de-sac. Elle glissa aussitôt dans la boue et faillit s'étaler, continua prudemment, ce qui ne l'empêcha point de patauger en plein dans les flaques.

La maison se dressait, blanche et ruisselante, pareille à une haute borne visqueuse éclairée non seulement par les lointaines lumières de la rue mais par les milliers de reflets en fragments de ces lumières sur les pans de l'averse hachant la nuit de milliers de coups de rasoir sans cesse répétés.

Et Aline s'immobilisa. Sa main droite quitta le col de son ciré, tomba dans sa poche où ses doigts gourds trouvèrent immédiatement les clefs. Se refermèrent sur les clefs.

Elle reprit sa marche mais ne fit pas deux pas avant de s'immobiliser de nouveau, et cette fois brutalement, tandis que sa bouche s'ouvrait toute grande, que ses yeux s'écarquillaient sous la barre noire du bonnet détrempé.

Tous les volets de la maison étaient baissés, ceux du rez-de-chaussée comme ceux de l'étage. Pourtant, à l'étage précisément, un de ces volets paraissait n'être pas tiré complètement, pas jusqu'au fond de sa glissière, et dans l'interstice ainsi découvert un rai de lumière glissait.

Plus tard, quand son cœur eut retrouvé un rythme à peu près normal, Aline ne savait plus si elle avait rêvé ou si elle avait réellement vu ce qu'elle avait vu. S'il s'agissait bel et bien d'un volet mal fermé sous lequel passait la lumière, ou le simple jeu des reflets de l'averse et des lampes de rue sur l'aluminium. Et plus elle voulait voir, plus elle plissait les yeux pour fixer son attention, moins elle était capable de discerner clairement de manière irréfutable.

Alors, elle se remit à avancer vers la maison. A présent, son ciré lui-même était percé, dans le dos et sur les épaules.

Elle monta les quelques marches de la véranda. La clenche de la porte joua sans difficulté sous la pression de sa main. Elle s'engouffra dans la véranda et dut lutter contre une saute de vent soudaine pour refermer la porte, sans bruit. Elle attendit un instant, reprenant son souffle.

Elle s'était dit : « Même si elle n'est pas couchée, je ne la dérangerai pas. Je poserai les clefs, c'est tout. Et je dirai que je les avais laissées là en partant... » C'était ce qu'elle avait convenu avec elle-même, en prenant cette décision de se rendre à la maison au cœur de la nuit. Même si c'était une bien piteuse raison donnée à cette décision... Même si c'était un bien malhabile mensonge... qui maquillait bien mal l'autre vraie force à laquelle elle ne tenait pas véritablement à accorder crédit.

A présent...

Le volet de la fenêtre était-il réellement soulevé ? Avait-elle réellement vu ce trait de lumière ?

Elle poussa la porte d'entrée.

De nouveau, son cœur battait trop fort, trop haut.

Là, elle ne rêvait pas : il y avait *vraiment* un fil lumineux qui encadrait la porte du séjour, au fond du couloir.

Un certain temps, incalculable, un moment hors du temps, Aline fut debout dans le couloir, l'attention captée par ce trait jaunâtre autour de la porte. Puis elle entendit en elle cette voix qui murmurait : « Et alors ? ça ne signifie rien... » Elle bougea. Elle connaissait l'endroit comme sa poche, évidemment. Son pied trouva la première marche de l'escalier menant à l'étage, puis la seconde. Une troisième marche. Elle montait, s'appuyant d'une main contre le mur. Le vacarme de la tempête ronflait pratiquement aussi fort à l'intérieur de la maison qu'à l'extérieur.

Elle était presque arrivée au premier palier quand, de là-haut, quelque chose l'obligea à stopper. Quelque chose. Une présence. Elle leva les yeux vers la présence.

Dans l'ombre, elle vit la silhouette qui se tenait debout au sommet des marches. Et c'était bien *elle,* comme elle en gardait le souvenir, la dernière fois qu'elle l'avait vue sur le plateau de la morgue. Elle, le visage d'un blanc livide, bleuâtre, avec la tache noirâtre du sang qui avait coulé d'une oreille.

Le silence, autour d'elle, filtrant de l'ombre, descendit et se referma, repoussant les cris du vent, les rafales de pluie contre les volets vibrants.

Le sang coula comme un grand froid dans les veines d'Aline. Ou comme si la tempête extérieure s'y était retrouvée inoculée. Le frisson gluant qui la traversa parcourut chaque centimètre carré de sa peau.

Le visage de la silhouette était celui de Kate, aussi bien que celui de Mathilde. Du sourire arrondi tombèrent les mots : « Tu es venue me voir, petite sœur ? »

Sans aucun doute, ce n'étaient pas de véritables mots. La voix sans timbre s'élevait directement dans l'esprit d'Aline. Elle en fut consciente, et immédiatement persuadée quand elle eut compris qu'il ne s'agissait pas de *la véritable* Kate. La révélation ne la dérangea pas outre mesure, ni ne la troubla particulièrement. Au fond d'elle-même, elle s'en étonna bien un peu — mais elle refoula cette pointe de raisonnement.

Aline voulut parler, mais sa gorge était nouée, sèche, bloquée. Elle voulut bouger, mais ses membres pesaient du plomb, et il lui semblait que plus elle prêterait attention à son corps, plus la densité de ce dernier grandirait, avec une première et menaçante conséquence : s'enfoncer dans les marches de l'escalier comme au travers d'une vulgaire vase — couler net, chuter droit au ventre noir d'abysses innommables. Pourtant, la peur, comme la pluie en rafales du dehors, se trouvait maintenue au-delà du cocon que dressait ce silence tissé par les ténèbres. Elle savait ce barrage provisoire — comme on sait d'évidence que la nuit tombe à l'extrémité du jour, comme on le sait et comme on l'attend, sans qu'il soit particulièrement question de terreur...

« Tu es venue me prévenir ? » s'enquit la forme blême au visage copié sur ceux de Kate et Mathilde.

La tache de sang noir qui lui maculait la joue grandissait. De ce grossissement montait un lointain bruit de sonnailles, parfaitement déplacé, et par là même plus dérangeant que la vision en elle-même. Un tremblement parcourut le corps d'Aline, seul mouvement dont elle fût capable. Il lui fut impossible, même, d'ouvrir la bouche pour répondre.

« Tu es venue chez moi ? » demanda la forme blafarde.

Il n'émanait de la chose aucune hostilité réelle —

bien qu'un effluve de danger incontestable flottât aux alentours, en provenance de quelque recoin de pénombre poisseuse.

« Ne crains rien, dit-elle. N'aie pas peur. Je serais si peinée, je m'en voudrais tellement, si tu avais peur de moi.

— Je n'ai pas peur, songea Aline.

— Alors, c'est bien », dit la forme.

Elle était en train de changer. La précision de ses traits s'estompait, et on aurait dit qu'un dessin se superposait au second, chacun ne ressemblant à l'autre que ce qu'il fallait, ni trop différente ni trop identique... Et comme si une des deux était en train de gagner. Petit à petit, ce n'était une « forme » ni une « silhouette » qu'Aline avait sous les yeux, mais la concrète réalité d'un corps. Une vraie matérialité... fût-elle plus gazeuse que solide. Et ce corps était celui de Kate. Et ce visage était maintenant tout entier celui de Kate.

« Donne-moi les clefs de chez moi, dit-elle.

— Ce ne sont pas les clefs de l'appartement, songea Aline.

— Donne-les-moi, n'aie pas peur, dit Kate.

— Qui êtes-vous, *vraiment ?* songea Aline.

— N'essaie pas de me faire croire que tu ne le sais pas, dit gentiment Kate. Voyons, ma chérie... ma toute petite. Mon amour. »

Elle souriait. Toute la tendresse du monde illuminait ses yeux.

« Bien sûr, je sais », songea Aline. Ou peut-être le dit-elle, après tout. Peut-être demanda-t-elle à voix haute : « Tu es venue, Mathilde ? Tu m'aimes toujours ?

— Mathilde ? » dit Kate.

Étonnée.

Sincèrement étonnée, à l'évidence.

« Ma sœur, ma sœur ! dit Aline, probablement à voix haute. Tu ne m'en veux pas ?

— Pourquoi t'en voudrais-je ?

— De lui avoir dit, de l'avoir prévenu ! songea Aline, avec une sorte de violence. Je ne voulais pas ! Je ne savais pas !

— J'ignore de quoi tu parles, dit Kate. Je ne te connais guère, mon tout petit... Viens. Entre chez moi. Donne-moi les clefs, viens... »

Dans l'ombre, derrière elle, au niveau du palier, quelque chose bougea. Ce n'était pas identifiable. Juste un mouvement, une ombre plus épaisse que l'ombre... et Aline ne parvenait plus à en détacher son attention, une fois entrevus ces friselis de ténèbres... qui prirent forme, comme une molle sculpture d'eau noire, pour devenir un enfant.

Un enfant nu, d'environ deux ans, un garçon au ventre rebondi, aux membres potelés, au crâne pratiquement chauve. Aux yeux comme des gouffres de vide. Aux lèvres cousues. Avec du sang qui se mit à perler des points de suture.

La peur du dehors donna de grands coups de boutoir dans le cocon de silence.

Derrière cet enfant, un second apparut. Du même âge, approximativement, une fille cette fois, et qui riait sans un bruit, qui riait aux éclats. C'était son sexe, sous le pli du ventre, qui était cousu et saignait. La petite fille et le petit garçon se mirent à quatre pattes ; ils regardaient Aline, ils attendaient. Derrière eux, il y avait maintenant une dizaine de bébés qui sortaient de la noirceur et qui s'approchaient.

La peur du dehors cognait, cognait, cognait à grands coups...

L'escalier était recouvert d'enfants. Ils avançaient vers elle, ils coulaient littéralement de chaque côté de Kate, glissaient le long des marches. Une bonne moitié n'étaient que des fœtus à différents stades de leur formation, la peau bleue, couleur d'entrailles, encore entrailles eux-mêmes, se nourrissant de sang, vampires rampant au fond des ventres, sages comme des images...

Encadré par les cheveux soyeux, le visage de Kate était désormais pure horreur, une face de fœtus aux grands yeux globuleux injectés de sang, au sourire comme une blessure taillée au rasoir dans une chair blanche.

« Tu ne pouvais pas savoir, pauvre chérie », dit le monstre.

Tandis que les autres, visqueux, dans un clapotement feutré d'eau boueuse, coulaient vers Aline, jusqu'à ses pieds, jusqu'à la marche où elle se tenait pétrifiée et au centre de laquelle, dans une flaque, était posé le couteau de cuisine.

Le cocon se brisa.

Cette première nuit, après avoir écrit longtemps sur son bloc-notes, et très contente de ce qu'elle y avait consigné, Kate se sentait beaucoup trop énervée et excitée pour dormir immédiatement. Et il y avait en outre cette tempête, dehors. Elle avait lu un jour quelque part que le vent peut bouleverser l'ionisation de l'atmosphère, ou quelque chose d'approchant, de sorte que le résultat rend particulièrement nerveux... Mais elle était très satisfaite, et cette première journée avait été très enrichissante. Il y avait maintenant dans tous cela un petit côté *Hauts de Hurlevent* parfaitement opportun.

D'abord, elle pensa lire un peu. Avaler un somnifère léger et lire un brin, dans un des dix ou douze bouquins qu'elle avait apportés avec elle. Ensuite... ensuite la seconde idée qui n'attendait que la plus infime occasion pour ce faire, ne tarda pas à pointer le nez.

Elle en vint rapidement à conclure que l'avantage de deux verres de scotch sur un somnifère, c'est que ça aide bien souvent, et tout aussi bien, au sommeil... et que le lendemain, deux malheureux verres laissent moins de traces au réveil qu'un ridicule Mogadon. Elle ne pouvait certainement pas se permettre des réveils pâteux, l'esprit dans la farine, dont on ne s'arrache complètement qu'au bout de deux ou trois heures. Elle n'était pas venue ici pour cela. Elle était ici pour travailler et, au bout d'un mois maximum, rendre à Jean-Michel et à la production un script en béton qui les laisserait sur le cul.

Elle crut entendre du bruit *dans la maison*. A l'étage, ou bien dans le couloir, dans l'escalier menant en haut. Elle tendit l'oreille. « Fabuleux ! » se dit-elle. Et elle songea qu'elle n'avait même pas fermé la porte d'entrée à cl..., mais comment l'aurait-elle pu de toute façon ? La jeune fille — Aline B., comme elle la nommait mentalement — avait oublié de lui laisser les clefs, dans son départ précipité. Elle tendit encore l'oreille, retint sa respiration.

C'était surtout dehors que le vent tournait, que le bruit dégringolait du ciel jusqu'au ras de terre. Elle poussa un long soupir.

Elle avait pris une décision. Elle se leva et se rendit

pieds nus dans la cuisine, passant par le séjour où elle avait laissé une lampe allumée au-dessus de la télévision. Un seul verre. Et puis on verrait...

Kate versa l'alcool, but. D'un trait. De manière à ne pas sentir le goût de l'affreux whisky bon marché

Le bruit claqua une fois encore, et cette fois nettement, en même temps que la boule de feu explosait dans son œsophage, coulait dans son estomac. Un bruit qui venait de l'entrée.

Kate sortit de la cuisine. Elle traversa toute la longueur du couloir, marchant derrière son ombre projetée par l'éclairage de la cuisine. Le bruit claqua comme un coup de tonnerre.

« Et voilà ! » dit Kate.

Elle ouvrit la porte d'entrée, aussitôt fouettée par le vent qui s'engouffrait dans la véranda. Une fois de plus, le battant de fer s'abattait, et elle se précipita pour le retenir à deux mains, craignant de voir les vitres s'écrouler sous le choc. Elle bloqua la serrure, s'assura que le vent ne risquait pas de recommencer ses farces. Un moment, elle resta là, à patauger dans l'eau de pluie qui inondait le sol de la véranda, à se demander si elle ne pouvait pas trouver quelque part un bout de ficelle pour maintenir la clenche... puis elle abandonna l'idée. Elle avait froid aux pieds, et la serrure avait l'air de tenir.

Dans la cuisine, Kate se servit un second verre, pour se réchauffer...

Un peu plus tard, dans la nuit, elle mit pourtant un certain temps avant de trouver le sommeil. Elle flottait dans un bienheureux engourdissement, mais quelque chose la chiffonnait, sans qu'elle pût mettre le doigt dessus.

Quand elle trouva, elle dormait pratiquement. Elle ne parvenait pas à se souvenir si elle s'était mouillé les pieds *dans* la véranda, ou alors *avant même* d'avoir ouvert la porte d'entrée, quand elle se trouvait encore dans le couloir.

C'était idiot.

Elle chuta de la somnolence dans le sommeil.

Jeudi 12

Dans la matinée du jeudi, Kate s'éveilla avec, sur le bord de sa conscience à peine extirpée de profonds abysses, une sensation de manque… qu'elle identifia très vite : son sommeil n'avait été troublé ni par le passage ferraillant des véhicules de voirie, ni par le vacarme graduellement enflé de la circulation automobile dans la rue. Un sommeil comme elle ne savait plus qu'il puisse en exister, coulant d'un seul jet, d'un seul bloc.

Elle écouta et n'entendit que le vent.

N'ouvrit pas les paupières — derrière lesquelles elle sentait une autre forme et un autre poids de pénombre qui n'appartenaient plus à la nuit — afin de retenir l'instant. Mais l'instant ne dura pas. S'éloigna comme un oiseau qui s'envole en deux battements d'ailes, dès que la pensée tomba : « Il faut que j'écrive ce script. » Surgirent immédiatement les silhouettes floues, quoique indéniablement présentes, des personnages : ALICE, qui avait pris l'apparence définitive et les traits d'Aline B., ainsi que l'autre, la très probable SUZY (mais elle ne se souvenait plus du patronyme qu'elle lui avait inventé, ni si elle lui en avait inventé un ; il lui faudrait consulter ses notes), qui ressemblerait fort à ce qu'elle pourrait contempler quand elle se planterait devant le miroir de la salle de bains, tout à l'heure.

« Il y a cette histoire avec laquelle il faut que je me bagarre. »

Et ce serait ainsi, chaque matin, la conscience à peine éveillée. La même urgence et la même oppression, la même nécessité à la fois excitante et douloureuse — toujours et d'abord douloureuse, durant de longues minutes, jusqu'à ce que pointe l'excitation, dans l'attente craintive et angoissée que cette garce ne se réveille pas.

Ce serait de la même façon, jour après jour et pendant longtemps. Jour après jour, jusqu'au dernier, l'histoire enfin bouclée et dans un premier temps satisfaisante, au fond de ce grand trou béant d'où se lèveraient alors, inexorablement, fatalement, les autres visages du doute.

Elle soupira et ouvrit les yeux. A en juger par la grosse couverture piquée à demi tombée du lit, son sommeil avait dû être agité. Elle ne se souvenait pourtant d'aucun rêve ; les cauchemars d'il y avait quelques mois, qui la faisaient crier et la laissaient hagarde, en sueur, assise au milieu de sa couche, semblaient définitivement retombés en poussière.

Elle se leva et passa son peignoir, chaussa tout en marchant les pantoufles abandonnées sur le tapis au milieu de la chambre. Elle n'avait pas le souvenir d'avoir remarqué qu'il y avait un tapis. Mais elle était coutumière du fait : voir des choses, entendre des mots, et les oublier, ne pas y accorder d'importance sur le coup, pour se rendre compte par la suite, à plus ou moins longue échéance, qu'elle avait bel et bien vu et entendu. Elle « enregistrait » un maximum, de toute façon, et les détails resurgissaient d'eux-mêmes au moment voulu. « Mécanique de scénariste », avait-elle décidé, plutôt que de créditer le phénomène dans le contexte d'une aberration de l'attention ou de la mémoire. « Mécanique de voleurs et de voleuses. »

Kate fit un premier passage dans la salle de bains, établissant avec son reflet dans le miroir un premier contact, qui fut loin d'être négatif. Loin d'être ce qui se produisait certains matins.

Aline B. n'avait pas manqué de garnir les placards de la cuisine de tout ce qu'il fallait pour composer un petit déjeuner plus que complet. Kate se découvrit un appétit d'enfer, ce qui n'était pas davantage dans ses habitudes matinales, ordinairement bâclées en deux tasses de café noir non sucré. Elle se dit que « l'air de la montagne, sans doute »...

Tandis que le café passait, que les œufs cuisaient, les toasts grillaient, cette « vieille » Cathy Tolviac métamorphosée fit le tour des trois pièces qu'elle avait décidé d'occuper — chambre à coucher, séjour et cuisine — et ouvrit les volets. A chaque fenêtre, elle resta un moment pour contempler le paysage. Et le dehors avait beau n'avoir rien de très folichon à proposer, il n'avait pas non plus la force nécessaire pour bousculer l'entrain de la jeune femme. Elle trouva même beaucoup de charme noir à cette pluie, ce vent mauvais qui fouettait les épicéas du bosquet et avait quasiment fini d'éplucher tous les arbres feuillus visibles, ces grisâtres façades des maisons, ces vrais torrents qui couraient sur la terre du passage menant de la maison à la rue, ces voitures qu'on entendait glisser plus qu'elles ne semblaient rouler, au loin, ces silhouettes de passants rares entourbillonnés par les bourrasques, là-bas, de l'autre côté de la rivière grondeuse, sur la place de la gare. Depuis la veille, le niveau de la rivière avait apparemment grimpé d'un bon mètre ; Kate se pencha vers la vitre pour tenter d'apercevoir les piles du pont, mais sans y parvenir ; tout ce qu'elle put contempler, c'était les flots d'eau boueuse qui roulaient jusqu'aux buissons de la rive hier encore escarpée et aujourd'hui disparue. L'odeur des toasts grillés la tira brutalement de cette contemplation de l'eau courante qui commençait à produire son effet enivrant.

Elle déjeuna, assise à la table de la cuisine. A un moment elle se leva pour aller allumer le poste de télévision, programma la première chaîne venue qui diffusait des images auxquelles elle ne jeta d'ailleurs qu'un vague coup d'œil avant d'aller reprendre place à sa table.

Après une nouvelle incursion dans la salle de bains, elle réapparut habillée : jean et pull, chaussée des chères vieilles savates qui lui laissaient « les pieds à l'aise pour écrire ».

Elle installa les blocs, papiers et carnets sur la table du living. Elle avait au passage éteint la télé. Elle écrivit.

Elle travailla.

Elle relut les notes qu'elle avait prises la veille, dans son lit. N'y toucha point, ne fit aucune rature, mais reporta certaines phrases sur un jeu de feuilles libres. En haut d'une feuille, elle écrivit : ALICE, en haut d'une autre : SUZY. Sur une troisième : ACTION — ITINÉRAIRE DES PERSONNAGES.

Sous chacun de ces titres en tête de page, elle écrivit des mots et des phrases, réfléchissant parfois sur certaines et les griffonnant vigoureusement, avant de se remettre à tracer des mots — des signes — dans une écriture de moins en moins lisible et sur laquelle elle revenait après un temps de réflexion, une relecture pénible, pour redessiner une ou deux lettres. La page « ALICE » fut plus rapidement que les autres couverte de ses pattes de mouche — elle était plus gribouillée aussi —, et Kate prit un second feuillet volant où elle nota dans le coin supérieur gauche : ALICE (SUITE — 2).

Elle écrivait et regardait la pluie qui cinglait les vitres. Elle regardait plus souvent la pluie qu'elle n'écrivait, mais c'était néanmoins du travail. (Elle pouvait rester un jour entier couchée dans son lit, les yeux ouverts sur le plafond, ou même franchement somnolente, ou encore à se promener sans but dans les rues, avec des pauses-étapes dans des bars, à des terrasses de café, ou encore effondrée dans un fauteuil moelleux, un casque stéréo sur les oreilles et les images d'une télévision muette qui défilaient devant ses yeux ; elle pouvait faire tout cela, et c'était cependant, malgré tout, du travail.) Elle était en train d'essayer de composer, d'architecturer, de dessiner, de peindre, de créer l'histoire d'une fille qui tuait les personnes qu'elle aimait et qui l'aimaient, afin de leur éviter (estimait cette fille) de plus grands malheurs que celui de la mort : les malheurs térébrants de la désillusion, de la trahison, du dépit et du néant qui succède à l'effondrement brutal d'un univers qu'on s'est construit sur ce qui peut s'appeler des relations privilégiées avec un être humain.

(Quand elle avait soumis ce thème à Philippe, de la production — car c'est à lui qu'elle en avait parlé d'abord, et à Jean-Michel ensuite —, il avait hoché la tête, pinçant entre deux doigts sa lourde lèvre inférieure pour en faire comme un bec ; à ce simple geste qui accompagnait un flou de quelques secondes dans le regard, on pouvait comprendre que son intérêt était retenu... « Où est-ce que tu es allée dénicher une idée pareille ? » avait dit Jean-Michel, après qu'elle l'eut mis à son tour au courant — ce qui était sa façon à lui de marquer son intérêt. « Hé, hé, hé... », avait-elle répondu. « Comment tu vas, en ce moment, toi ? » avait-il interrogé. C'était cet « en ce moment, toi » qui l'avait irritée. Elle avait répondu : « Bon Dieu, je vais parfaitement bien, *en ce moment, moi.* Qu'est-ce que tu penses de ce sujet ? Philippe s'occuperait éventuellement de la préproduction. Tu le tournerais ? Il m'a demandé de te demander ce que tu en pensais. » Et Jean-Michel : « ... m'a demandé de te demander... », en faisant celui qui se creusait la tête ardemment, comme si sa réponse n'était pas déjà prête et même dite...)

Puis ce fut midi — à la grande surprise de Kate lorsqu'elle jeta un coup d'œil à sa montre. En temps ordinaire, il était extrêmement rare qu'elle fût capable d'écrire une ligne le matin.

(« Et où est-ce que tu vas situer ça ? » avait demandé Jean-Michel Morrican, le futur grand réalisateur. Catherine Tolviac, scénariste et compagne du futur grand réalisateur, avait haussé doucement une épaule ; avait eu un sourire énigmatique très composé ; avait commencé sa réponse par ces mots : « Quand j'étais petite... »)

Il pleuvait encore et toujours. A regarder s'abattre avec une telle régularité rageuse les rideaux embrouillés de la Grande Cataracte, on aurait dit que c'était pour une éternité, que celui qui avait déclenché le processus avait dû détraquer le système et s'enfuir à toutes jambes, épouvanté par l'ampleur de l'irréversible catastrophe provoquée... Il semblait impensable d'envisager un jour ce décor sous un aspect qui ne soit pas celui d'un aquarium.

Kate considéra un long moment le paysage par la vitre de l'aquarium.

Elle se serait volontiers retrouvée, à cet instant précis, dans la salle de restaurant *Le Galpiot,* devant une escalope à la crème et aux morilles accompagnée de pommes de terre rissolées, de légumes verts et d'un petit vin gentil... Mais elle savait que le courage lui manquerait pour se lancer sous le déluge. Elle alluma la dernière cigarette de son paquet de Camel. Cigarette aux lèvres, l'œil à demi fermé pour se protéger de la fumée, elle quitta la table pour aller fouiller dans son sac de voyage, toujours posé par terre dans la chambre à coucher et dont elle avait transféré la veille la quasi-totalité du contenu dans l'armoire. Elle en retira deux paquets de Camel — simplement deux... un chiffre bien ridicule... un chiffre qui, lui, et sans l'ombre d'un doute, saurait le moment venu lui donner l'énergie et le courage d'affronter la tempête extérieure.

Elle se munit de monnaie, s'assit par terre près du combiné Point Phone. Téléphona d'abord à la production et tomba sur Mireille au standard qui lui apprit que Philippe venait de partir. Kate dit qu'elle était bien arrivée et s'était déjà mise au travail, tout allait bien. Il faisait également un temps de chien à Paris. Elle composa un second numéro et c'était encore le répondeur. Elle hésita — légère crispation des lèvres autour de la cigarette. Puis elle dit : « Sympa de visiblement t'intéresser avec autant d'impatience à ce que je deviens... Enfin, au cas où... »

Elle rappela son numéro et raccrocha. Elle demeura un instant pensive, tirant nerveusement sur la cigarette et fixant le combiné bleu agressif de l'appareil Point Phone. De toute façon, c'était toujours une connerie de vouloir faire dans l'ironie détachée avec Jean-Michel. Surtout depuis quelque temps...

Elle alla écraser sa cigarette dans le cendrier sur la table, ouvrit le paquet neuf, en tira une autre Camel qu'elle n'alluma pas immédiatement. Elle revint au téléphone et composa le numéro d'Aline Bihrlinger.

Laissa sonner une quinzaine de fois. Raccrocha et récupéra la pièce que lui rendit l'appareil.

Comment envisager la moindre balade dans les environs, sans voiture, s'il continuait de pleuvoir à seaux de la sorte ? (Elle se souvenait que même en plein été un vulgaire orage trouvait parfois le moyen de durer des jours... et l'ampleur du souvenir n'était certainement pas due à quelque distorsion temporelle grossissant exagérément les souvenirs enfantins...) Comment prévoir, à pied sous le déluge, la moindre tentative d'excursion du côté des bâtiments de la colonie de vacances ?

Une fois encore, Kate piocha dans le contenu des placards généreusement mis à sa disposition — à croire que la très charmante et troublante Aline B. avait prévu cet isolement par les flots, qu'elle était peut-être même celle qui avait sciemment détraqué tout le système... Elle trouva des pâtes qui cuisaient en six minutes, des œufs... S'octroya, à la fois pour se récompenser du travail abattu dans la matinée et pour se donner du courage pour la suite, un verre de Long John. Un demi-verre, plus exactement, raisonnab...

Brusquement d'un geste semblable accompli la veille, dans le courant de la nuit, et s'en souvint de façon particulière, avec cette sensation que l'on a quelquefois de se retrouver de plain-pied dans un événement déjà vécu. L'association d'idées déverrouilla un autre souvenir.

Elle quitta la cuisine, son verre au tiers rempli à la main. Dans le couloir, éclairé plus que chichement par les seuls carreaux de verre de la porte d'entrée, c'était toujours la même pénombre qu'elle dut briser en actionnant le commutateur.

La porte extérieure de la véranda avait tenu, bien fermée sous les coups de boutoir du vent. Sur le sol recouvert d'un carré de linoléum, des traces d'eau subsistaient toujours. Kate les considéra un instant, puis revint dans le couloir et referma la porte intérieure.

Et remarqua, ici aussi, les traces humides, pas encore tout à fait séchées, que le bois du parquet vitrifié n'avait pas complètement aspirées.

Le regard étonné de Kate courut le long du couloir, de l'entrée jusqu'à la cuisine : les traces qu'*elle* avait pu laisser cette nuit, après avoir pataugé dans la véranda, n'existaient plus.

Puis elle vit l'eau sur les marches de l'escalier menant à l'étage. De vraies petites flaques, certaines de la taille d'un paquet de cigarettes, que la chaleur confortable de l'atmosphère n'avait pas bues, ni les couches nombreuses de vitrificateur tartinées sur les marches. Elle n'aurait pas laissé de traces plus importantes si elle avait vidé le contenu de son verre sur les marches.

Il n'y avait pas que de l'eau. De la boue aussi. Des empreintes presque trop nettes, parmi d'autres très embrouillées, qui dessinaient la forme d'une semelle crénelée jusqu'à la cinquième marche. Plus haut, rien. Plus haut, rien que le reflet doré et luisant du bois verni, propre, net. Un contraste saisissant avec ce qui salissait les cinq premières marches.

Et sur la troisième, les clefs.

L'anneau de métal brillant, avec les deux clefs : celle de la porte intérieure et celle de la porte de la véranda.

Kate avait pâli légèrement, tandis qu'après un temps d'immobilité absolue, le souffle pratiquement suspendu, elle se penchait pour saisir les clefs.

Le métal était froid au creux de sa main.

Elle but d'un trait le contenu de son verre.

Kate appela Aline Bihrlinger une seconde fois, un peu avant 13 heures — après avoir éteint l'eau bouillonnante des pâtes trop cuites et bu, pour tout repas, un autre verre d'exécrable scotch. L'appareil lui rendit sa pièce.

Elle appela vers 14 heures, sans plus de succès.

A 15 heures, elle se tenait encore là, à sa table, ayant fumé le contenu de son avant-dernier paquet de cigarettes, bu un certain nombre d'autres tiers de verre de scotch. Elle n'avait pas écrit une ligne supplémentaire — à part, sur la feuille titrée ALICE, l'expression : *euthanasie sentimentale,* qu'elle avait barrée, puis récrite en capitales.

Et personne n'avait cherché à la joindre depuis Paris. Elle était en train de se demander si la haine ne commence pas par ce sentiment d'abandon glauque. Elle savait ce qu'elle dirait, mot à mot, quand *Monsieur* Jean-Michel Morrican condescendrait à composer un numéro de onze chiffres.

Puis elle fut traversée par la sensation de vivre un instant grave. Elle ne savait pas quoi exactement, ni pourquoi — mais quelque chose avait changé. Elle fut étonnée de s'apercevoir qu'il ne pleuvait plus.

Peut-être était-ce là, simplement, le changement...

Alors elle sortit, quitta la maison, surtout pour n'avoir pas à exécuter immédiatement ce qu'elle avait décidé de faire, au fond d'elle-même, depuis un moment déjà. Depuis un grand moment. Depuis qu'elle avait ramassé les clefs sur la marche de l'escalier, parmi les traces de boue et d'eau qui salissaient le hêtre vitrifié presque jusqu'au palier.

Et c'était maintenant le contraire du matin : difficile de croire à l'existence réelle de ce déluge qu'on avait l'impression de subir depuis des jours et des jours et qu'on craignait de voir tout engloutir à brève échéance. Il y avait de grandes trouées bleues dans le ciel, et le vent semblait tourner là-haut dix fois plus fort que sur terre ; les nuages filaient en s'étirant, comme une grosse masse cotonneuse déchirée.

Tout en composant une fois de plus le numéro, Kate regardait le soleil briller sur le jardin de la maison d'en face, et, au-delà, sur les toits brillants des maisons. Un vrai soleil d'automne ; plus de lumière que de chaleur : tout ce que la tempête pluvieuse avait laissé en gouttelettes aux ramures dénudées des arbres, dans les aiguilles des épicéas du bosquet, en flaques dans la terre détrempée, ruisselait maintenant comme sous un poudroiement d'or et d'argent.

La sortie avait marqué en rose soutenu les pommettes de Kate et l'air vif avait métamorphosé la brillance de son regard.

Des enfants jouaient à l'entrée du passage ; leurs cris déferlants, ponctués par le grelot des rires, traversaient les doubles vitrages ; c'était pratiquement la première fois que des manifestations sonores de la vie extérieure parvenaient aux oreilles de Kate, dans la maison, depuis son installation. Tout en écoutant les sonneries qui s'égrenaient dans l'écouteur du combiné, elle souriait aux réflexions grossières d'un grand dadais qui l'avait toisée sans ciller quelques instants auparavant, tandis qu'elle s'engageait dans l'impasse, son gros sachet de plastique bourré de victuailles serré à pleins bras contre elle — et elle était bien sûre qu'il ne l'avait pas quittée des yeux jusqu'à ce qu'elle disparaisse dans la véranda ; elle l'avait nettement entendu qui demandait aux gamines parmi lesquelles il faisait le coq : « Qui c'est, cette nana ? »

Pratiquement certaine d'avoir une fois encore appelé pour rien, elle allait raccrocher quand la sonnerie d'appel, à l'autre bout de la ligne, s'interrompit.

« Oui ? » fit la voix douce, agréable, d'Aline Bihrlinger.

Le sourire machinal de Kate s'élargit.

« Aline ? dit-elle.

— Oui...

— Catherine Tolviac. Bonjour. J'ai essayé plusieurs fois de vous appeler, ce midi et plus tard...

— Bonjour », dit Aline, dont la voix parut baisser d'un ton. « J'étais en cours, sans doute. Ou à la cantine du collège. »

Elle parlait comme si elle ne voulait pas être entendue, ou comprise, d'une personne qui se serait trouvée à proximité d'elle.

Le sourire de Kate était retombé ; son regard avait

maintenant quelque chose de plissé, comme pour en atténuer la fixité un peu dure qui s'installait.

« Je ne vous dérange pas ? » demanda Kate, sa voix baissant aussi d'un ton, machinalement, au diapason de celle de sa correspondante.

« Pas du tout, non. »

Et puis le silence. Il y avait dans l'écouteur une musique de fond... comme *On the Beach* de Chris Rea.

« Aline ? appela Kate.

— Oui...

— Vous m'aviez dit que je pouvais vous appeler si j'avais besoin de quoi que ce soit, n'est-ce pas ?

— Bien entendu. Oui. »

Kate se mordit légèrement le bord de la lèvre inférieure. Ses paupières étaient pratiquement fermées, ne laissant filtrer qu'un éclat brun et doré.

« J'aurais un service à vous demander, si vous n'y voyez pas d'inconvénient. Et surtout, j'aimerais parler avec vous. »

Elle sentit l'étonnement qui tombait dans cette lézarde d'un nouveau silence, à l'autre bout du fil. Elle pouvait imaginer le minois d'Aline B., sur lequel la surprise posait ses doigts.

« Parler avec moi ? fit la voix presque basse d'Aline.

— Oui... Vous êtes certaine que je ne vous dérange pas ? »

Kate remit une pièce dans l'appareil.

« Non, bien sûr que non ! »

Pour lancer l'affirmation, la voix de la jeune fille avait retrouvé une assurance très « normale ».

« Bavarder, dit Kate. Bavarder en amies, si vous le voulez bien... En vérité, j'ai besoin de vous, en quelque sorte pour me documenter. J'ai besoin de savoir avec un minimum de précision deux ou trois choses sur ce village, sur le pays. »

Un temps. C'était une autre chanson, en fond — et c'était bien Chris Rea. Puis : « Oh... Et vous ne savez pas déjà tout ? »

Un petit rire, rond, amusé, tomba de la gorge de Kate. « Si je sais tout ?... Je dirais plutôt que je ne sais rien... Que diriez-vous de venir dans... une heure ou deux ? Je vous invite à souper. Cuisine maison si vous voulez, ou restaurant, au choix.

— Je ne voudrais pas vous...

— Je vous invite, Aline. »

Encore un temps.

« D'accord ? pressa Kate.

— D'accord. Merci.

— Merci ? Vous plaisantez ? C'est moi qui vous remercie. Je vais vous mettre à contribution, ni plus ni moins. Disons : entre 19 et 20 heures ?

— D'accord, dit Aline.

— Eh bien, à tout à l'heure ?

— A tout à l'heure, d'accord.

— Oh ! fit Kate. Une dernière chose : vous n'êtes pas venue me rendre visite, cette nuit, n'est-ce pas ? Vous ne l'auriez pas fait sans oser frapper à ma porte ? »

Et Kate qui s'attendait, ici, à un temps de silence un peu plus long que ceux dont la jeune fille ponctuait habituellement sa conversation, fut prise de court, car la réponse tomba dans l'écouteur alors qu'elle n'avait pas tout à fait fini de prononcer la dernière syllabe de sa question.

« Vous rendre visite cette nuit ? Certainement pas ! Pourquoi ?

— Pour m'apporter ces clefs de l'entrée que j'ai trouvées ce matin sur une marche de...

— Je les ai laissées là hier, quand je vous ai quittée, dit Aline. Pourquoi croyez-vous que...

— Pour rien, dit Kate. J'ai trouvé les clefs ce matin. Je ne les avais pas remarquées avant. J'ai cru que vous étiez revenue les déposer.

— Non, dit Aline.

— C'était juste pour savoir, et pour vous gronder, si vous étiez revenue par ce temps de chien, sans vous faire offrir un café ou quelque chose de chaud. A tout à l'heure, d'accord ? »

Le temps de silence se posa là.

« D'accord », dit la voix retombée d'Aline.

Kate raccrocha.

Elle laissa se vider ses poumons de l'air contenu. Puis elle inhala profondément.

Elle était certaine d'une chose, c'est qu'Aline B. avait menti. Probablement un charmant mensonge qui voulait camoufler sa timidité, et ce genre d'action un peu folle que l'on commet quand on est timide. Mais un mensonge, néanmoins, qu'elle avait trahi par ce ton sous-tendu de désespoir à fleur de voix qui ne manque pas de faire émergence quand on veut crédibiliser à toute force le mensonge. Car, c'était sûr, les clefs n'étaient pas là la veille au soir, lorsque Kate avait fait une nouvelle fois, seule, le tour du rez-de-chaussée et du sous-sol. Ni les clefs ni ces traces d'eau et de boue sur les premières marches. Et la porte de la véranda fermée, alors...

Elle hocha la tête, en un mouvement d'amicale compréhension pour cette attitude d'Aline Bihrlinger.

Les enfants jouaient et piaillaient toujours, dans le

passage, parmi les flaques et dans les rayons du soleil froid et luisant qui tombaient — ou plutôt tranchaient — entre les nuages. Le grand dadais devait faire un numéro particulièrement effréné. Une des gamines de son public cria : « T'es jamais qu'un grand con, Bernard Mathieu ! Tout ce que tu sais dire, toujours, c'est que tu sais tout sur tout ! »

En réponse, le « grand con Bernard Mathieu » poussa une sorte de hennissement méprisant...

Kate se rendit à la cuisine, et sortit du sachet plastifié qui contenait ses achats plusieurs barquettes de plats préparés congelés, qu'elle enfourna dans le compartiment congélateur du frigo. Elle extirpa également la bouteille plate de Bell's, qu'elle déboucha, huma... et dont elle but une gorgée au goulot. Puis elle reposa la bouteille sur la table, tandis qu'une rubescence plus soutenue marquait ses pommettes... Elle adressa à la jolie bouteille d'un vert sombre très « classe » un regard de reproche. Dit, s'adressant à elle-même : « Ma vieille Cathy-Kate, si tu te remets à avoir ce genre de geste... »

Et poursuivit mentalement : « Si c'est pour pouvoir accomplir ce genre de geste que tu es venue t'isoler ici, loin des regards réprobateurs de ceux qui prétendent t'aimer... »

« Un grand couillon qui dit qu'y sait tout sur tout ! » clamait le chœur des gamines.

Et la phrase prononcée par Aline Bihrlinger quelques instants plus tôt, quand elle lui avait demandé de l'informer sur « les us et coutumes » du pays, ricocha dans son cerveau : « Et vous ne savez pas déjà tout ? » Une curieuse phrase. Une curieuse réponse, à la réflexion. Qui ne signifiait peut-être pas uniquement, après tout, comme Kate l'avait traduit sur le coup, qu'Aline pensait qu'en tant que scénariste connaissant son sujet, catherine Tolviac se devait de « tout savoir ».

Curieuse phrase... et curieuse façon d'interpréter cette phrase, songea aussitôt Kate. Parce que ce n'étaient que des mots bien anodins, en somme, et qu'on peut toujours faire dire ce qu'on veut aux mots. N'importe quels mots. Tout ce qu'on veut.

Elle avait mieux à faire que se plonger dans les mille interprétations possibles d'une phrase prononcée par une jeune fille timide — d'autant que la phrase en question n'avait probablement rien de spécialement sibyllin. Mieux à faire, et plus excitant.

Il lui restait au moins une heure devant elle, et c'était largement plus que nécessaire.

Elle retira les chaussures qu'elle avait mises pour aller faire son petit tour au village et qu'un simple aller-retour dans la boue du passage avait pratiquement détrempées, chaussa ses vieilles savates d'intérieur « dans lesquelles elle avait les pieds à l'aise pour écrire ». Mais elle n'avait pas l'intention d'écrire.

Ce qu'elle s'apprêtait à faire l'amusait (et elle souriait en coin, pour elle-même), l'excitait... avec aussi la pointe pimentée de ce qui ne porte pas le véritable nom de la peur, mais au moins son pseudonyme...

Elle quitta la cuisine et longea le couloir, sans allumer.

Aline marchait rapidement tout en regardant droit devant elle.

Elle aurait bien voulu que le fait de n'accorder aucune attention alentour la protégeât par effet de réciprocité des curiosités de cet alentour. Mais elle savait qu'on ne peut trop demander... surtout quand un Christophe se trouve en un point quelconque de l'environnement.

Il y avait des groupes d'élèves de quatrième qui traînassaient dans la cour, attendant le car de ramassage. Et, parmi eux, Christophe, en compagnie d'un autre prof de gym : un nouveau de l'année, parfaitement antipathique, avec des yeux de braise qui vous déshabillaient systématiquement (et encore le faisaient-ils de très haut), des cheveux et une barbe touffue comme la mode beatnik des années 70 en avait fait fleurir par milliers. Il se faisait appeler Tom...

Elle aurait pu attendre un quart d'heure. Le car de ramassage serait passé. Mais il n'aurait pas emporté Christophe, ni cet incroyable Tom... On pouvait même concevoir, sans craindre de se tromper beaucoup, le scénario suivant : une fois Tom parti vers d'autres occupations très intéressantes (car tout ce qu'il faisait ne manquait pas d'être très intéressant), Christophe, lui, n'aurait pas manqué de venir sonner à la porte d'Aline, la sachant chez elle, pour une raison ou une autre... et quelle que soit la raison, il aurait fallu se résoudre à voir passer au moins une demi-heure avant qu'il décolle.

Elle engageait la clef dans la serrure de la porte du garage quand elle l'entendit qui appelait : « Hé-ho ! Aline ! »

Elle donna un vigoureux tour de clef. Fit celle qui n'avait pas entendu — comment entendre, dans le brouhaha ambiant et les cris des élèves ?

Et parce que aussi, bien évidemment, il était hors de question qu'elle quitte l'établissement à pied. Pas sous le regard de Christophe. Il n'existait qu'un seul endroit au monde où elle pût se rendre sans qu'il offrît de l'accompagner en brave camarade. Un endroit où elle ne pouvait pas logiquement se rendre à pied.

« Hé-ho », répéta Christophe en se matérialisant près d'elle, tandis qu'elle remontait la porte.

« Hé-ho, fit Aline.

— Dure journée, dit Christophe.

— Ah bon ? dit-elle.

— Tom a eu un gamin qui s'est pété une jambe, dit Christophe. T'as pas oublié ta clef, cette fois ? »

Il la considérait d'un œil gentil. Ce n'était même pas une boutade. Tout simplement de la prévenance. L'antipathique approchait, vêtu d'une parka sur son jogging, barbes et cheveux hérissés.

Quitter les lieux au volant de sa voiture, sous l'œil des élèves, sous celui de Christophe, c'était déjà une épreuve pour Aline. Sous l'œil déshabilleur de l'autre, cela faisait le comble. Il était capable de vous dire ce qui n'allait pas dans votre moteur rien qu'à vous regarder engager la clef dans le contact. Pour lui, rien n'allait jamais tout à fait bien, dans n'importe quel moteur — il avait un vélo.

« Non, j'ai pas oublié, dit Aline. Tu refermeras ?

— A clef ?

— Non, juste refermer le panneau.

— Tu vas voir ta mère ? demanda Christophe.

— Mm-mm », acquiesça Aline.

Elle les planta là, tous deux mains dans les poches. Évidemment, elle cala.

En haut des marches, Kate marqua un temps.

Ça ne ressemblait pas au rez-de-chaussée. Ici, pas de couloir sombre percé de portes. Un simple palier, au contraire, et bien éclairé par la fenêtre sans volet qui donnait sur la cage d'escalier.

Avec une belle tache de soleil qui entrait par cette fenêtre et écrasait sa lumière sur le mur tapissé de blanc. Une tache de soleil au centre de laquelle se découpait l'ombre cassée de Kate.

Une seule porte. Peinte en gris souris, comme le chambranle.

Une seule porte, en face de la montée d'escalier, légèrement décalée, à un mètre du mur environ. Une rambarde de bois aux balustres luisants sous les innombrables couches de vernis séparait du vide, au-dessus de la cage d'escalier, le côté ouvert du palier. Le sol était de parquet vitrifié, à se mirer dedans, réverbérant de façon aveuglante une partie de la tache de soleil. Sur ce plancher, pas la moindre trace d'eau ou de boue.

Kate s'approcha de la porte. La clenche était pareille à celles du rez-de-chaussée, d'un modèle identique, et Kate eut un petit mouvement de tête satisfait, tout en découvrant la clef de la cuisine qu'elle avait tenue dans son poing droit. Elle engagea la clef dans le trou de la serrure... un modèle également semblable à celui du rez-de-chaussée.

Une chose, surtout, la frappa quand elle ouvrit la porte, et cela pratiquement au sens littéral du terme. L'odeur de propre. D'abord cela (et ensuite ce qu'elle vit). Parce que Aline, sans doute, lui avait dit qu' « il n'y avait rien au-dessus », elle s'attendait plutôt à respirer une odeur de grenier, de poussière, et de fraîcheur également, comme il aurait dû en régner par cette atmosphère plus qu'humide du dehors, dans un local vide.

Et c'était tout le contraire.

Et ce n'était pas un local vide.

Ce qu'elle entr'aperçut dans un premier coup d'œil, révélé par la lumière du soleil qui se déversait, emportant son ombre avec elle à l'intérieur de la pièce, lui causa un faible choc de surprise et la figea sur le seuil. Pendant quelques secondes elle demeura dans cette position statufiée, la main sur la clenche, ne sachant visiblement plus s'il convenait de poursuivre son investigation, ou si le fourvoiement dans lequel elle venait de poser le pied n'était pas trop conséquent.

Elle décida.

Car c'était fait : la porte avait été ouverte.

Elle entra, dans l'odeur de propre et la bonne chaleur diffusée par les radiateurs. Elle repoussa la porte derrière elle, sans la refermer cependant. Sa main se posa sur le commutateur, et la pénombre enfermée par les volets clos fondit.

Ce n'était qu'une pièce, en équerre, et qui prenait à elle seule toute la surface du niveau habitable de la maison à l'exclusion du palier et de la cage d'escalier. Une seule et immense pièce, dix mètres sur quinze dans ses plus grandes dimensions, aux murs couverts de lambris de pin clair, au plafond de frises laquées blanc en travers duquel couraient les zigzags des rails des spots. Le sol était recouvert d'une épaisse moquette noire. Il y avait des rideaux de filet tirés, des doubles rideaux de lourd tissu grenat qui ne l'étaient pas. Quelques lithos sous verre, de facture moderne, étaient accrochées aux murs et mises en valeur par d'autres spots, carrés, et laqués blanc comme le plafond.

Kate fit quelques pas, totalement silencieux, sur la moquette douillette.

La pièce se divisait en espaces limitant des fonctions

définies : un coin repas, avec tout ce qu'on est en droit d'en attendre, une table laquée rouge de Chine et trois chaises de jardin peintes dans des tons vifs, éclatants : jaune citron, violet, vert acide ; un coin télé, le poste branché, avec une série de chauffeuses disposées en arc de cercle ; le coin sommeil, avec un lit très bas et sa literie noire, une couette blanc cassé, des taies d'oreillers orange. Un coin bibliothèque aussi, le long du plus grand pan de mur littéralement tapissé de livres.

Après un temps, Kate ne put s'empêcher de pousser entre ses lèvres un léger sifflement d'admiration. Plantée là au milieu de ce décor qu'elle aurait volontiers échangé, même en payant deux fois le prix de sa location, contre celui de l'appartement du dessous.

Rien ne laissait supposer une seule seconde que cette pièce fût abandonnée ou inoccupée, comme elle avait cru le comprendre, au dire d'Aline B. (ou alors, elle n'avait rien compris et s'était faite toute seule à cette idée). Des magazines étaient posés sur la table basse, dans cet espace en quart de cercle entre les chauffeuses et le poste de télévision. Sous le poste, encastré dans le petit meuble, Kate remarqua également un magnétoscope. Branché. Elle se pencha sur la table, saisit une des revues : un exemplaire de *ELLE*. Elle le reposa. Il y avait aussi *Les Cahiers du cinéma*, *Actuel*. Kate fronça les sourcils. Elle avait lu cet exemplaire des *Cahiers* l'année passée, s'en souvenait très bien, à l'hôpital, pendant les premiers temps de sa convalescence. Elle vérifia les dates : tous les magazines dataient de septembre et octobre 1986.

Kate fit le tour de la pièce, lentement. Elle s'arrêta devant la chaîne hifi, branchée elle aussi, avec un disque sur la platine. Un disque d'Emmylou Harris.

Elle poursuivit son chemin, se retrouva devant la bibliothèque, toucha les livres du bout du doigt. Sur un des rayonnages, il y avait une photographie qui représentait deux jeunes filles, éclatant de rire, à califourchon sur une énorme moto. La photographie était en noir et blanc. La passagère, en robe d'été généreusement troussée, découvrant sa cuisse, était Aline. La conductrice de la moto, en short court et T-shirt de garçon, coiffée sur ses cheveux blonds d'une casquette style « équipée sauvage », lui ressemblait trop pour n'être pas de sa famille. De son sang.

« Pourquoi êtes-vous ici ? » demanda la voix d'Aline — qui riait si fort sur la photographie.

Le cœur de Kate manqua un battement. Les mains pressées l'une sur l'autre contre sa poitrine, elle sursauta, pivota, comme si un ressort se détendait en elle, sur les talons de ses vieilles savates d'intérieur.

Aline B. se tenait là, au centre de la pièce.

Elle secouait la tête, emmêlant ses cheveux. Elle regardait moins Kate que quelque chose par-dessus son épaule, sur les rayonnages de la bibliothèque, du côté de la photographie.

« Je vous ai fait peur ? » dit-elle, doucement.

Gentiment.

Et souriant, de son sourire à la fois facile et fragile qui incarnait si bien l'idée contenue dans un titre de script...

Son sourire, mais aussi l'intraduisible et dur éclat qui brillait dans la glace translucide de ses yeux, quand son attention quitta la photographie pour se poser sur Kate.

La pâleur soudaine provoquée par la surprise était tombée sur le visage de Kate comme un masque livide, non pas superposé à ses traits, mais les déformant de l'intérieur — et cela prit quelques secondes avant que ce masque s'effondre sur lui-même, que la grimace s'évanouisse, et avec elle la lividité du teint, remplacée par cette rougeur de la confusion qui naquit en une tache ronde sous chaque pommette pour se propager dans la seconde suivante jusqu'au front. Elle pressait toujours ses deux mains sur son cœur, qu'on aurait presque pu voir palpiter à travers le sein gonflé sous le pull... Kate recula et s'appuya au dossier d'un des fauteuils qui meublaient le coin bibliothèque. Il lui était impossible de se soustraire au regard pétrifiant d'Aline, pas plus qu'à son sourire en paradoxe déstabilisant. Elle était la gamine prise en flagrant délit de coupable bêtise et qui, quelle que fût la bêtise, ne se sent plus soumise sur l'instant qu'à une seule et radicale alternative : soit mourir sur-le-champ, soit voir mourir le témoin de sa faute.

« Je suis venue plus tôt », dit Aline.

Gentiment... En ayant même l'air de s'excuser, elle... s'excuser d'être là et d'avoir pris sur le fait sa locataire, coupable de violation de domicile — car c'était bien de cela qu'il s'agissait. Gentiment, dans le ton de la voix, dans l'expression dessinée par ses lèvres... mais pas dans les yeux, pas dans son attitude immobile et figée...

« Bon Dieu, oui, s'entendit prononcer Kate. Vous m'avez fait une peur... »

Ce qu'elle jugea ridicule, mais les mots avaient néanmoins provoqué une cassure de la tension et, coulant de sa gorge comme s'ils ouvraient une vanne, emportaient avec eux les lambeaux de la honte effilochée, cette envie de mourir ou de voir mourir.

« Je suis entrée, dit Aline. Je suis allée jusqu'au bout du couloir, j'ai appelé. Vous ne m'avez pas entendue ? »

Kate secoua négativement la tête.

« Je suis entrée, la porte de la cuisine était entrouverte. J'ai appelé encore, je suis allée dans le séjour, et dans la chambre... je m'excuse. »

Kate grimaça du coin des lèvres, incapable de décider si les « excuses » exprimaient un véritable et sincère sentiment, ou alors l'ironie d'une accusation plus tranchante que si les mots véritables avaient été prononcés.

« Et je suis montée, dit Aline. Je suis revenue sur

mes pas et j'ai vu qu'il y avait des traces dans l'escalier. »

Un comble !... Kate, cette fois, ne put contrôler ni ravaler l'amer sourire né de la situation. Quelque chose, qui n'était pas loin du franc comique, était en train de tisser sa trame, sa texture d'arachnéenne dérision, autour d'elle, dans cette pièce. Elle dit : « Les traces sur les marches, ce n'est pas moi. »

Rien ne broncha dans l'ordonnance statique des traits de la jeune fille.

« Ce n'est pas moi, répéta Kate. Et c'est même à cause de cela que je suis ici, en somme... Je sais que ce n'est peut-être pas une raison... une suffisamment bonne raison. Que ce n'est pas une excuse. Je sais que je n'aurais pas dû ouvrir cette porte... J'exerce une profession de curieux, de voleur d'images et de curieux de tout. Vous me croyez, n'est-ce pas ? Je n'avais vraiment pas l'intention de... je me suis demandé, simplement, ce qu'il y avait ici... »

Aline haussa une épaule. On aurait dit qu'elle se tenait sur une sorte de qui-vive, non pas vis-à-vis de Kate ni de la situation, mais par rapport au décor environnant. Comme si elle s'efforçait de ne pas le regarder, afin de ne pas courir le risque de s'y retrouver intégrée, ne fût-ce que par l'intermédiaire d'un malheureux coup d'œil égaré. Elle dit, d'une voix douce : « Ce n'est pas grave. Je suppose que personne ne résisterait longtemps à l'envie de visiter une maison dans laquelle on vit toute seule... C'est comme un grenier, quand on est enfant... je suppose qu'il nous reste ça de l'enfance, ce désir de l'exploration qu'on a... pour les greniers, je veux dire... Vous ne croyez pas ?

— Sans doute », dit Kate.

Elle avait laissé retomber ses deux mains de sa poitrine, s'appuyait contre le dossier du fauteuil. A trois pas, en face d'elle, Aline se tenait debout.

« Sans doute, oui, dit Kate. Je vous promets que j'ignorais... Je croyais effectivement qu'il s'agissait d'un grenier, peut-être. Ou de quelque chose d'inoccupé, en tout cas. Je ne pensais pas à... J'ai ouvert la porte et je n'ai pas pu m'empêcher d'entrer. Je ne pensais pas que vous y habitiez. Je vous assure.

— Oh, dit Aline. Je n'y habite pas. C'est effectivement inoccupé. Depuis un an, un peu plus d'un an... »

Pour la première fois, le regard d'Aline biaisa, se déporta de côté, glissant de Kate au décor proche, comme si elle avait voulu s'assurer que ce à quoi elle s'attendait se trouvait effectivement là, puis revint à Kate, et c'était un regard bleu identique à lui-même, au fond duquel la glace n'avait pas fondu.

« Vous ne le saviez pas ?

— Si je ne... Je ne pense pas que vous m'ayez dit quoi que ce soit à ce suj...

— Bien sûr », sourit Aline, d'un drôle d'air entendu. Puis, poursuivant : « J'y ai habité... parfois. Comme nous avons habité en bas. Ici, je fais le ménage. Je mets le chauffage quand il fait froid. J'ouvre les fenêtres régulièrement, pour aérer. Je suppose qu'un jour il faudra bien que je change les fauteuils de place, ou que je remplace les rideaux quand ils tomberont en poussière. » L'œil bleu se planta dans celui de Kate. « Si je suis toujours là... »

Kate frissonna. Ouvrit la bouche, la referma sur une exclamation de protestation polie toute faite qui ne franchit pas le stade de la pensée et le nœud de silence qui lui obstruait soudain la gorge. Elle fit l'effort, empoignée tout entière par une sorte d'état d'urgence dont elle n'était pas certaine, tout à coup, de pouvoir contrôler les effets déferlants, et se hâta de dire : « Les traces de terre sur les marches, ce n'est pas moi. J'ai cru que c'était vous, cette nuit. J'ai cru que vous étiez venue me rapporter les clefs, et c'est pourquoi je vous ai demandé ces explications au téléphone. Quelqu'un est entré ici, cette nuit, Aline. Puis est reparti en laissant la porte de la véranda ouverte, et c'est le bruit de cette porte qui battait... Je suis allée la fermer. Mais je n'ai pas prêté attention aux traces, alors, ni aux clefs. C'est ce matin, seulement... »

Aline secoua la tête, le menton pointé en avant : un bref mouvement du cou, sec et nerveux, qui fit voler ses cheveux.

« Quelqu'un a pu s'introduire dans cette maison, cette nuit ? demanda Kate.

— Oh... peut-être. N'ayez pas peur.

— Je n'ai pas peur. C'est seulement que...

— C'est sans importance. La maison était vide depuis des mois. Quelqu'un qui cherchait peut-être à savoir... et qui s'est rendu compte que la maison était occupée. Alors il est parti. »

Kate laissa glisser quelques secondes. Puis, comme la jeune fille n'ajoutait rien à cette explication de la présence nocturne (qui ne semblait d'ailleurs pas l'inquiéter outre mesure), elle dit : « Sans doute... »

Aline acquiesça. Demeura ainsi, la tête un peu penchée de côté. Puis : « Vous vouliez... vous m'avez demandé de venir pour des renseignements. Vous vouliez me demander un service...

— Oui. Je voulais, effectivement... J'aurais aimé passer cette soirée avec vous, si vous n'aviez rien de...

— Non, rien, dit Aline. C'est gentil à vous.

— Est-ce que... nous pourrions descendre ? proposa Kate. Chez moi... J'avoue que j'ai besoin d'un verre.

— Bien sûr, approuva Aline. Je suis désolée de vous avoir causé cette peur.

— Je suis désolée, croyez-moi, dit Kate, de vous en avoir donné l'occasion. »

Aline fit encore un petit mouvement de la tête, qui signifiait que ce n'était plus la peine d'en parler, qu'elle n'y pensait déjà plus — et peut-être la dureté de son regard bleu cachait-elle, en somme, une froideur naturelle. Elle bougea. Baissa les yeux, toujours comme si elle ne voulait pas voir le décor, pivota, prête à traverser la pièce, puis hésita. Elle dit : « C'est ma sœur. »

Kate hocha la tête. Elle savait de qui la jeune fille parlait.

« Elle est très jolie, dit-elle. Je me suis douté que vous aviez un lien de parenté étroit. Elle vous ressemble.

— Elle *était* jolie », rectifia Aline.

Elle se mit en mouvement, traversant silencieusement la pièce, vers la porte. Kate la suivit, les jambes un peu molles — elle avait réellement besoin d'un verre ; toute la honte n'était pas tombée, il en subsistait des résidus en elle, comme s'ils coulaient dans ses veines, à la fois gluants, poisseux, et charriant des scories acérées.

Dans le couloir, la tache de soleil avait rétréci, ne claquant plus que sur une étroite bande verticale du mur.

« La moto était à un ami, dit Aline. Elle ne la

conduisait pas vraiment. C'est en voiture qu'elle s'est tuée. Il y a un an. Un peu plus. »

Son regard bleu de glace toucha Kate par à-coups, tandis qu'elle jetait les mots d'une voix basse et un peu rauque. Elle ferma la porte, hésita, donna finalement un tour de clef, retira la clef et la tendit à Kate.

« Je suis désolée, vraiment », souffla Kate.

Prenant la clef tendue, elle frissonna encore au contact furtif des doigts froids.

« Oh ! fit Aline. Oui... vous n'y pouvez rien, n'est-ce pas ? Nous n'y pouvons rien... Elle aurait eu trente ans cette année. » Elle descendit trois marches de l'escalier, s'arrêta, ajouta : « C'est curieux... Vous savez comment elle s'appelait ?

— Comment elle s'appelait ?

— Son prénom... C'était Catherine, comme vous. Son second prénom, Mathilde-Catherine. On l'appelait Mathilde, mais elle aurait préféré l'inverse ; elle préférait Catherine. »

Elle poursuivit la descente de l'escalier. Derrière elle, Kate s'appuya à la rampe, un nouvel accès de mollesse lui fauchant les jambes. Le poids des coïncidences possibles s'était abattu sur elle comme un coup de marteau, et la laissa sans voix jusqu'à ce qu'elles fussent toutes deux arrivées à la cuisine de l'appartement de location.

Car « Mathilde » était son troisième prénom, à elle. Car elle avait trente ans cette année. Car l'année précédente, un accident de voiture, le 15 octobre, avait bien failli lui coûter la vie, à elle aussi.

Aline Bihrlinger choisit « la dînette-à-la-maison ». Tout d'abord, Kate s'imagina que c'était parce qu'elle ne tenait pas à être vue en sa compagnie dans un des restaurants du bourg, mais non, c'était qu'elle ne tenait pas, simplement, à se rendre dans un restaurant (sa compagnie n'avait rien à voir à l'affaire), qui est un lieu public. Elle comprit qu'Aline B. n'appréciait pas en général les lieux publics, exactement comme Alice-au-sourire-fragile.

Elles passèrent donc la soirée à la maison. Aline ne voulut pas se conduire en invitée désœuvrée et mit la main à la pâte. Kate but en solitaire deux scotches bien tassés, qui la remirent sur pied immédiatement après leur ingestion. Aline se contenta de jus d'orange — et Kate savait maintenant le pourquoi des tranquillisants.

Elles bavardèrent. Aline un peu de son travail, mais surtout Kate du sien. Kate dit qu'elle avait besoin d'une « collaboratrice documentaliste » sur le terrain, pour son scénario. Ce qui eut l'air d'intéresser, de flatter même un peu Aline. Avant la fin du repas, sur la proposition de Kate, elles se tutoyaient. C'était encore un peu difficile pour Aline, qui laissait échapper un « vous » de temps en temps.

Après avoir fait honneur aux plats cuisinés congelés achetés par Kate dans l'après-midi, elles allèrent s'installer dans le living, Kate un dernier verre en main.

Kate divulgua les grandes lignes — les très grandes lignes — de son scénario. L'idée globale ne parut pas provoquer d'étonnement particulier chez sa « collaboratrice documentaliste », qui se borna à demander : « Et le film se tournerait ici ?

— Possible, dit Kate.

— Mais pourquoi avez-vous... pourquoi as-tu choisi cet endroit ? Plutôt que n'importe où ? »

Et Kate dit son enfance dans l'est de la France, sa

naissance à Nancy, et elle donna la date. (Par la suite elle s'en voulut de n'avoir pas davantage prêté garde à la réaction de la jeune fille, quand elle avait lâché l'indication de cette date.) Et elle dit ses séjours, deux années de suite, ici, dans ce village, en colonie de vacances. Le souvenir de cette époque.

« Peut-être même qu'on s'est vues, alors, dans les rues du village », dit-elle.

C'était possible. Aline demanda pourquoi elle avait choisi cette maison. Ce n'était pas un vrai choix : Kate avait téléphoné au syndicat d'initiative, on lui avait fourni via la mairie une liste de meublés prêts à louer. Elle avait pris ce qui semblait convenir le mieux.

Et pourquoi ne louait-elle pas de voiture, par exemple, si elle voulait se promener dans les environs ?

Kate dit l'accident. Le retrait de permis. Il n'en fallut pas davantage, seulement quelques silences attentifs de la part de son interlocutrice, pour qu'elle glisse dans les confidences personnelles. Et elle s'aperçut qu'elle en était ravie, qu'elle n'attendait qu'une occasion pour parler à quelqu'un. Quelqu'un qui écoutait. Qui buvait ses paroles. Qui comprenait, à n'en pas douter une seconde.

Elle eut une mimique crâne, leva son verre vide, le fit jouer dans la lumière.

« Voilà, dit-elle. Un peu trop de ce bon vieux scotch... et le taux d'alcoolémie sanguine ferait rougir de honte un Irlandais. Ils m'ont retiré ce permis séance tenante, ça a été une des premières nouvelles que j'ai apprises en sortant du coma, ce sacré 28 octobre où je suis née une seconde fois. Ils m'avaient fait d'autres farces, pendant mon absence, comme m'enlever un certain nombre de choses dans le ventre, et notamment un ovaire et l'utérus. Kate Tolviac ne fera jamais d'autres enfants que ceux qu'elle invente sur le papier. »

Elle parla de Jean-Michel Morrican, aussi. C'est-à-dire de tout ce qui n'allait pas entre Jean-Michel Morrican et Cathy Tolviac, notamment depuis l'accident de Cathy Tolviac. De tout ce qui ne manquerait pas d'éclater un jour comme un orage qui a couvé depuis trop longtemps.

Et sans doute parce qu'elle avait bu un peu trop, une fois de plus, de ce « bon vieux scotch » — ou encore, tout simplement, parce qu'elle se sentait bien, en confiance, *bien* comme elle ne l'avait pas été depuis longtemps, avec les mots qui s'écoulaient facilement, et qui, étant dits, traduisaient avec nettement moins d'acuité la dramatisation d'une situation depuis trop longtemps torturée et gonflée par le silence —, sans doute pour cela, Kate ne remarqua pas la pâleur et la totale disponibilité d'écoute de la jeune fille qui lui faisait face. Ni la glace dans son regard bleu, qui n'avait pas fondu, qui se trouvait tout au plus reléguée en fond, voilée, comme l'expression possible d'une compassion attentive...

Et Aline fut d'accord pour servir de guide à sa nouvelle amie, qu'elle tutoyait et qui la tutoyait. Elle fut d'accord pour l'emmener là où elle voudrait, dans sa voiture. Quand elle le pourrait, quand son emploi du temps le lui permettrait, évidemment.

Elles se quittèrent un peu avant minuit.

Kate embrassa Aline, qui eut comme une crispation qu'on pouvait mettre sur le compte de la timidité, qui ferma les paupières, cachant une fraction de seconde la glace de ses yeux. Et qui rendit le baiser sur les joues un peu chaudes de Kate, et le sourire aussi.

Et dit, dans un souffle, juste avant de franchir la porte de la véranda : « C'est moi, tu sais... C'est moi qui l'ai tuée. »

Puis s'en fut en courant jusqu'à la petite voiture garée au bord du passage, dans la nuit chargée d'étoiles coupantes et de bancs de nuages noirs.

Sur le trottoir, au bord de la rue, la silhouette en survêt était reconnaissable entre toutes. Mains dans les poches, le col de son sweet ouvert, il n'avait même pas l'air d'avoir froid.

Aline, qui s'apprêtait à quitter le passage, freina à sa hauteur, descendit sa vitre.

Christophe s'amena, un grand sourire fendant son visage décoloré par la lumière crue de la lampe de rue.

« Mais qu'est-ce que tu fiches là, Tophe ? » dit Aline, sur un ton bien plus coupant que l'haleine de la bise qui descendait la rue.

« Promenade nocturne », dit Christophe.

Il eut le tort d'ajouter : « Je me suis demandé où t'étais passée, si rien ne t'était arrivé. Ça fait belle lurette que l'hospice est fermé, pour les visites. J'ai pensé que t'étais peut-être ici, et...

— Mais tu me tues, Tophe ! s'exclama Aline. Je peux vivre un peu sans que tu sois sur le pied de guerre, dis ? »

Il exprima la plus parfaite stupéfaction. Regarda sans y croire la vitre de la portière qui remontait. Regarda la voiture qui démarrait *comme un bolide* et filait dans la rue vide.

Il était là, sur le trottoir, sous la lampe, dans le

silence. Il jeta un coup d'œil d'incompréhension en direction de la maison au fond du passage, où la lumière était encore allumée, à une fenêtre du rez-de-chaussée. Son regard changea, comme s'il accusait dans cette direction-là, à défaut de mieux. A défaut d'une autre et véritable cible sur laquelle projeter, comme un lanceur de poids, son désarroi.

Serrant les poings dans ses poches distendues, il se mit en marche, reprenant la direction de son troisième étage dans les logements de fonction du collège. De retour de sa promenade nocturne. Bien décidé à ne même pas ralentir quand il passerait devant la porte d'Aline, au deuxième.

Vendredi 13
Samedi 14
Dimanche 15

13 novembre 1987

Bravo, pour un « journal de bord » ! Déjà un jour qui saute, et rien pour le 12. Dieu sait pourtant qu'il s'est passé des choses, hier !

Et aujourd'hui : *vendredi 13 !*

20 h 15, vendredi 13 novembre — soyons précise.

Personne n'a appelé. Merci. A croire que dès que vous vous trouvez à plus de trois cents bornes de Paris, c'est le bout du monde. J.M. silencieux comme une tombe : est-ce que ça signifierait ce que je crois que ça signifie ? (J'ai bien failli écrire : « ce que je redoute », mais je ne l'ai pas écrit.) Au diable.

A moins qu'ils n'aient appelé pendant mon absence — je suis allée me balader avec Aline, sous les averses, de 16 heures, environ, à 18 heures. Il faudra que je pense à lui demander s'il est possible de louer un répondeur-enregistreur, si ce truc peut s'adapter sur ce genre d'appareil.

Pas beaucoup travaillé au scénar, ni hier ni aujourd'hui. Pas directement, mais « indirectement », sans doute, oui. Pas la tête à cela, véritablement. Ou, en tout cas, les choses ont l'air de prendre une tournure que j'étais loin de soupçonner. Ce n'est pas déplaisant. C'est inattendu et curieux. Je suis tombé sur quelque chose de bizarre. Sais pas encore si je peux appeler ça de la chance. On verra.

Petit retour en arrière.

Hier donc.

(Ou encore, et pour être vraiment précise et chronologique : dans la nuit du 11 au 12 ; avant de me coucher cette nuit-là j'ai entendu claquer la porte de la véranda. Suis allée la fermer. Pas de clefs : Aline était partie sans me les laisser.) Hier — 12 novembre —, un peu après midi je crois, j'ai trouvé ces clefs — celle de la véranda et celle de la porte d'entrée —, posées sur une marche de l'escalier intérieur qui accède à l'étage. Et des traces de boue aussi, des restes de flaques d'eau, sur les marches et le parquet du couloir. Déduction : la nuit précédente, quand j'ai entendu battre cette porte ouverte, quelqu'un était entré et avait déposé ces clefs. Ce quelqu'un ne pouvant être qu'Aline. C'est l'évidence. Parce que je suis certaine que les clefs ne se trouvaient pas là avant.

Aline nie cette « explication ». Prétend qu'elle avait laissé les clefs là avant de partir, dans l'après-midi du 11. Elle explique les traces par la venue de quelqu'un qui aurait voulu visiter la maison et serait parti en catastrophe après s'être rendu compte qu'elle était occupée. Evidemment... Mais je n'y crois pas.

Hier donc *(bis),* je suis allée fourrer mon sacré pif de fouineuse à l'étage. A cause des traces sur l'escalier, justement, je pense. Ou bien cette idée-là me trottait-elle déjà en tête avant ?

Là-haut, grand appartement super-confortable. Tellement stupéfaite par le décor que je me suis laissé surprendre dans les lieux par Aline, que j'avais invitée et qui est arrivée une heure plus tôt que je ne l'attendais. (Au fait, quelle idée ?) Ne me suis jamais sentie aussi nulle que sur le coup, prise « la main dans le sac » là où je n'aurais jamais dû me trouver. Mais pas de drame.

Ai appris que cet appartement était occupé par la sœur aînée d'Aline. Qui est morte en octobre de l'année dernière. Le 27 octobre 86. Je ne risque pas d'oublier la date ; le 28 octobre de cette année 86, je connais !

Apparemment, le souvenir de cette sœur décédée n'a pas encore quitté Aline et n'est pas près de la quitter. Il y a quelque chose de trouble et de grave là-dessous.

Sommes devenues de braves copines, je crois... J'avoue : elle a un charme étrange, fou. Confidences de cette vieille Cathy, et ce n'était pas désagréable, pour une fois. Je me suis aperçue par la suite que j'avais cru, sur le moment, qu'il s'agissait d'une conversation. Faux. Ça a plutôt été un monologue et j'ai certainement plus bavardé qu'elle. Elle a parlé de sa sœur, Mathilde. De son enfance avec sa sœur, de leur complicité — elles étaient très liées, cela ne fait aucun doute. Je ne sais plus trop ce que j'ai raconté, mais j'en ai dit... (Il faut que je freine le scotch ; je sens qu'il ne faudrait pas pousser beaucoup pour que ça revienne.)

Elle a laissé échapper une phrase plus qu'étrange, en partant. Une phrase qui m'a laissée muette et bien secouée pendant un moment... et qui m'a d'ailleurs fait courir bien vite à la cuisine pour me servir le dernier verre de la soirée. Elle a dit :

« C'est moi qui ai tué ma sœur. »

Ai passé une nuit plutôt mouvementée.

Quand on viendra me parler de coincidences ahurissantes, j'aurai un exemple à citer : ALICE-au-sourire-fragile (facile ?) tue les gens qu'elle aime / ALINE-au-sourire-fragile-et-facile prétend avoir tué sa sœur qu'elle adorait.

Et j'apprends cela après avoir décidé de me servir d'elle pour visualiser le personnage d'ALICE. (Et même, cela va plus loin : après avoir envisagé d'intégrer dans le scénario un personnage qui traquerait ALICE et me ressemblerait d'une certaine façon.)

Quand j'ai eu cette idée de scénario, ce n'était pas sans rapport avec ce qui m'était arrivé, évidemment. Pas sans rapport avec Jean-Michel, et cette histoire qui a fait que les choses se sont mises à battre de l'aile. La racine de l'idée, c'était cela : si les histoires d'amour pouvaient s'interrompre brutalement, et sans laisser de traces, avant qu'elles ne tournent infailliblement mal, par la faute de l'un ou l'autre. Et là-dessus, faire agir un personnage comme instrument de ce postulat.

Bref. Voilà.

Je ne sais pas ce que signifie exactement cette phrase : « J'ai tué ma sœur. » Évidemment pas au sens littéral du terme. Mais elle pense sans doute qu'elle a pu faire quelque chose qui a tué sa sœur. Indirectement. Sais pas quoi.

La mère d'Aline : mystère. Malade, je crois.

Pas tout à fait le genre de mère, je pense, qu'on aurait envie de serrer sur son cœur tous les matins, avant de commencer la journée... J'ai pas l'impression.

Aujourd'hui, 13. Matinée molle. Effluves. Pensé à tout cela et pensé à rien. Pensé au scénar devant une page blanche, jusqu'à ce que je remplisse quatre lignes du nom d'Aline. Malin...

Pensé à appeler Paris, mais non. S'ils préfèrent agir comme si j'étais morte, eh bien, faisons la morte. (Parano ! parano !...)

Après-midi nul, nul, nul ! Et de nouveau temps exécrable. Vent et pluie. Mais la vieille Cathy n'a pas flanché comme une malade ; elle s'est versé un seul verre de Bell's et l'a siroté tranquillos... tout en regardant la télévision. En somnolant devant la télévision. Trois ou quatre notes sur le scénar, rien de bien flamboyant. Mais attention : carnet à portée de la main, stylo prêt !

Comment peut-on faire une télévision aussi désastreuse ?

La vieille et brave Cathy-Kate-et-Mathilde-aussi s'est donc gentiment comportée comme une gamine, en attendant que passe le temps, les minutes, jusqu'à 16 heures, et en se demandant si sa camarade viendrait comme promis. Elle est venue.

En forme, gaie — presque gaie. Elle semble avoir pris de l'assurance et croise mon regard plus de quatre secondes avant de rompre... La pluie ne lui a pas fait peur. Elle m'a simplement prévenue que ce ne serait peut-être pas facile de s'aventurer sur des chemins de terre... En avant donc pour les routes goudronnées.

Celle de la colonie de vacances était goudronnée.

Bigre. Drôle d'effet. Tous les bâtiments refaits à neuf ; résultat : sous la pluie et dans la nuit tombante, à la lueur des phares, je n'ai rien reconnu. Malaise. De plus, c'était bien sûr fermé, avec sur le moment une impression d'abandon terrible. C'est de cet endroit méconnaissable que m'est venue l'envie de revenir ici pour bâtir cette histoire.

Aucune allusion d'Aline à cette phrase prononcée hier soir. Et moi, j'ai passé mon temps avec ces mots sur le bout de la langue, sans oser les dire. Sans trouver ni la faille ni le moment pour les dire.

Pas eu envie de casser cette disparition d'esprit « très agréable » dans laquelle elle se trouvait. Ni peut-être même le courage d'entendre des choses abominables en cet instant.

Elle a refusé mon invitation au restaurant. Elle avait des cours à corriger et d'autres à préparer.

Ai retrouvé la chaude ambiance du *Galpiot* — et un magret de canard plutôt sympathique... En regrettant bien entendu, sitôt après le départ d'Aline, de ne pas lui avoir posé la question au sujet de la mort de sa sœur. Clientèle de voyageurs de commerce éméchés au restau. Pénible. Conversation avec le patron — et il savait que j'étais allée en balade en compagnie d'Aline !... Lui ai donné les précisions qu'il attendait... C'est-à-dire, lui ai expliqué qu'elle me pilotait un peu dans la région, voilà tout. Coup de pouce pour faire glisser la conversation sur Aline, mine de rien. Pas appris grand-chose de plus, mais deux ou trois petits trucs quand même. Un point de vue extérieur sur le personnage. Qui se résumerait par : « pauvre fille »...

Pauvre fille, parce que la mort de sa sœur dans un accident de voiture. (Où est la responsabilité d'Aline dans cela ? La traduction de « je l'ai tuée » ?) J'avais pensé un moment, vu la manière de conduire d'Aline, que c'était peut-être de ce côté que se trouvait la solution, mais non : Mathilde-Catherine était seule quand le drame s'est produit. Seule au volant.

Pauvre fille donc, parce que cette disparition l'a fortement éprouvée. Pauvre fille aussi à cause de sa vie. Une vie de jeune fille bien sage, je suppose, un peu à l'écart et sans vraiment de relations poussées avec qui que ce soit. Je suppose. Une vie de « catherinette » — c'est le mot et le cas de le dire. Question non formulée mais lisible dans l'œil du patron : « Et pourtant, c'est une sacrée jolie fille sur laquelle bien des gars ne cracheraient pas. » De son avis. Sous-entendu : même pas moi.

Même pas moi.

Pauvre fille aussi et enfin à cause de sa mère.

Mme Bihrlinger mère : a tenu un commerce, il n'y a pas si longtemps. Puis malade. Puis maintenant TRÈS MALADE (geste de M. Duchesne, significatif, la main qui flotte à hauteur de la tempe...) et hospitalisée. Allons bon ! Pauvre Aline, à l'évidence. Tout cela, *dixit* le patron du *Galpiot.*

Se mettre en un coin de mémoire ce personnage de la mère dingo. Si vraiment dingo. A creuser et à confirmer. Apparemment, la chute de Mme B. mère serait également due à la mort de sa fille aînée Mathilde.

Rentrée chez moi sous le déluge. Trempée. Douche, etc. (Un petit scotch.) Fermé la porte à double tour.

Au-dessus, cet appartement vide. Et je peux m'y rendre comme je veux, n'est-ce pas ? Plus de risque d'être surprise. Il suffit que je prenne la clef de la cuisine. Aline a-t-elle pensé à ça ?

Ne l'ai pas fait. Ne dis pas que je ne le ferai pas.

ALINE : jolie, sauvage, marquée. Elle croit avoir tué sa sœur. Elle est persuadée qu'elle est responsable de la mort de sa sœur. Regards fuyants. Sourire.

Vous lance souvent des bouts de phrases, comme ça, et comme si elle ouvrait une trappe dans laquelle elle espère qu'on tombe. Impression. Comme si elle s'attendait qu'on sache des choses sur son compte, ou des choses qu'elle sait.

Délicieuse façon qu'elle a de secouer la tête.

Vie sentimentale et sexuelle d'Aline B. ? Mystère. Le patron du *Galpiot* dit : pas de garçons à l'horizon.

Aline B. préférerait-elle les dames ?

ALICE, elle, n'y verrait pas d'inconvénient. SUZY non plus.

Samedi 14 nov.

Décidément, mauvaise passe. Quasiment rien écrit. Minuit moins dix.

La journée :

Mauvaise nuit, d'abord. Cauchemars. Rêves érotiques ensuite. (Cauchemar aussi ? Non non non.) A cause sans doute de cette idée notée la veille. ALICE et SUZY. ALINE et KATE.

Résisté bravement à la tentation de monter « là-haut ». Le ferai de nuit, portes extérieures closes à triple tour, et quand je serai certaine de ne courir aucun risque d'être surprise une fois de plus. Tout à l'heure ? Pourquoi monter là-haut ? Pour voir. Pour voir quoi ? Une photo qui représente deux jeunes filles sur une moto. Un appartement soigneusement entretenu et conservé tel qu'il était au moment d'un accident de voiture. Un appartement dans lequel vivait une Mathilde de cinq ans plus âgée que sa sœur, et que la sœur en question aimait peut-être trop fort. Peut-être à l'exclusion de toute autre personne. (Aline =

lesbienne = inceste ?) Envie de retourner là-haut.

Matinée stérile. Le temps : froid, gris, de la neige sur les sommets. Averses intermittentes. Berk. Glauque à souhait.

Sortie vers midi. Marché sur la place de la mairie du bourg. Pittoresque — quoique, non, même pas.

Après-midi nul. Appelé Aline.

Sortie le soir avec elle. Cinéma. Vu *L'Œil au beur(re) noir*. Marrant et pas con. Salle de ciné potable — sauf les inévitables énergumènes du samedi soir qui paient leur place allez savoir pourquoi. Attitude d'Aline très discrète. Comme une petite fille qu'on emmènerait au ciné pour la première fois. Un type est venu la saluer, elle a dit trois mots, ne m'a pas présentée. Ne m'a pas dit qui il était — un collègue, sans doute, et un collègue sportif, apparemment.

Après cinéma, pas question d'aller manger un morceau quelque part. Elle m'a raccompagnée à la maison, est entrée boire un verre — de jus d'orange. Avons parlé du film vu. De nouveau, bizarrement, la ALINE-regard-timide. Pas de petites phrases « étranges ».

Promenade, demain, si le temps le permet... On se téléphone. En ce moment : vent fort et froid.

Dimanche 15 nov. 2 heures du matin

J'y suis allée.

Comme une voleuse, absolument, et éclairée avec une lampe de poche trouvée dans un placard de la cuisine.

Sensation particulière. Me suis assise dans un fauteuil, face à la bibliothèque, et le rond lumineux de la lampe sur la photographie. C'est tout.

N'y retournerai plus.

Cette vieille Cathy-Kate va essayer tout simplement de se torchonner en moins d'une demi-heure. Et de dormir pour rêver.

Imitant une voix un peu rauque, sur un ton désinvolte, Kate dit : « Et alors, ma belle, comment tu vas dans ta campagne ? »

Puis les commissures affaissées retrouvèrent leur courbure gourmande habituelle ; elle sourit, jeta un regard en biais vers Aline et cligna de l'œil. Elle porta de nouveau son attention devant elle ; un regard plutôt vague… et si le sourire persistait, c'était plutôt comme l'ombre de lui-même. Aline ne dit rien. Et Kate poursuivit : « Il a attendu quatre jours, presque cinq, avant de donner de ses nouvelles… je n'imagine même pas qu'il tenait principalement à en prendre des miennes… et c'est la pauvre phrase qu'il a trouvée à dire. Intéressant, je trouve… Je l'imagine se réveillant sur le coup de 11 heures et demie, et se disant : “ Bon Dieu, allez, il faut quand même que je lui téléphone ! ” Il *faut quand même.* »

L'ombre du sourire était tombé.

« Il a appelé à midi, et je suis bien certaine qu'à midi et même pas cinq minutes il avait raccroché. Et je suis certaine aussi d'autre chose : à midi et trois minutes, j'attendais qu'il raccroche. J'avais espéré qu'il appelle pendant quatre jours pour ce résultat… On ne peut pas nier qu'il s'agisse là d'un signe indiscutable, non ? »

Il ne faisait pas exactement beau. Mais il ne pleuvait pas. Kate s'était demandé si Aline viendrait, comme convenu la veille au soir, et avait attendu, dans l'impatience grandissante, résistant plusieurs fois, *in extremis,* à la tentation de décrocher le téléphone — et ne le faisant pas uniquement par crainte de se montrer trop envahissante, par peur d'étouffer, d'apeurer… Aline était venue. Le but de la promenade était une colline noire, qui s'appelait Sainte-Marie, et surplombait la vallée, en avant-poste rond des plus hautes montagnes.

Les pentes de Sainte-Marie étaient des prés en friche, que plus personne, visiblement, ne se donnait la peine de faucher, jusqu'à mi-hauteur de la colline. Plus haut, c'était la forêt, sous le couvert de laquelle s'entrecroisaient les chemins forestiers destinés principalement aux camions et tracteurs, et qu'il n'était pas question — c'était même interdit — d'emprunter en voiture. Aussi avaient-elles abandonné la R5 au fond du cul-de-sac de la route goudronnée, pour une promenade pédestre qui empruntait la première venue de ces traverses forestières…

Elles marchaient depuis une heure environ. C'était le milieu de l'après-midi. Le ciel étirait son gris étale d'un bord à l'autre de la vallée, comme un unique et immense nuage lisse. Le vent qui soufflait par moments portait une odeur de neige descendue des sommets.

Elles allaient lentement, prenant le temps de regarder alentour et de guetter dans une trouée parmi les hauts fûts un bout du paysage au fond de la vallée ; prenant aussi ce temps, comme c'est l'habitude quand on se promène, de laisser courir le regard à ses pieds et de shooter de temps à autre dans une pierre. Elles portaient toutes deux des jeans, des bottes — celles de Kate, de style « cow-girl », pas véritablement faites pour la marche dans les ornières de terre gelée —, et de chauds vêtements dans les poches desquels elles gardaient frileusement leurs mains : un caban pour Aline, un gros blouson de cuir fourré pour Kate. Et chacune une écharpe. Kate allait tête nue, tandis qu'Aline avait coiffé l'incontournable bonnet de marin automatiquement associé à toute promenade...

Au bout d'un temps assez long de silence dans lequel on aurait pu croire qu'elle avait décidé de s'enfermer, Aline dit : « Quel signe indiscutable ? »

Et Kate, dont la pensée avait continué de courir, dut lui faire faire marche arrière.

« Oh... », dit-elle avec un léger haussement d'épaules, un léger mouvement de la tête. « Le signe indiscutable que la passion, en tout cas, a fichu le camp. Pour ne pas dire le reste avec... Le signe indiscutable du reflux, de la marée basse... Évidemment, il y a eu d'autres signes précurseurs, mais on s'efforce peut-être trop de ne pas vouloir les voir... Ce n'est pas grave. »

Elle adressa à sa compagne une grimace crâne. Tira le paquet de Camel de sa poche et en alluma une. La fumée odorante se mêla aux bouffées de vapeur exhalées par Aline, et tout cela se dissolvait très rapidement, emporté par les courants d'air qui galopaient entre les arbres.

« C'est un peu cette idée, en somme, que j'ai voulu traiter dans mon scénario. L'idée qu'il ne faudrait pas attendre que surgissent les signes avant-coureurs du déclin... Et faire en sorte que tout ce qui doit se briser un jour se brise avant ces symptômes. Un clash net. Sans regrets ni remords — sans possibilité de regrets ou de remords. Mon personnage principal serait l'instrument de cette idée-là. Elle tue ceux qu'elle aime, au moment où l'amour est le plus fort, pour ne pas avoir à redescendre la pente sur l'autre versant. »

Kate tira une bouffée sur la cigarette. La souffla puissamment.

« Une idée intéressante, non ? »

Aline n'avait pas bronché. Pas un mucle de son visage au nez et aux joues rouges n'avait tressailli. Ses paupières étaient plissées, mi-closes pour se protéger du souffle froid de la forêt. Ses lèvres entrouvertes.

« Je ne sais pas, dit-elle, sur un petit ton d'excuse. Je n'imagine pas comment tu pourrais traiter cette idée. »

Elle regardait devant elle. Le chemin tournait et montait légèrement.

« J'y arriverai », dit Kate.

Le vent, autant qu'elle, avait activé la combustion de sa cigarette. Elle jeta le mégot à terre et, au pas suivant, l'écrasa.

« Il reste au moins ça, dit-elle. Le travail. Si c'est véritablement un travail, et non pas, plutôt, une manière de survivre. Et il faut bien survivre, non ? »

Encore un long silence, avant qu'Aline dise, sur le bord de son cache-nez rouge : « Vous ne vous aimez plus ? Je veux dire, toi et... Jean-Michel... toi et lui ? »

Kate poussa des deux poings dans les poches de son blouson, émit un bruit de gorge rauque, soupira. Et sur un ton qui dérailla un peu au début, forçant la neutralité, mais qui trouva très vite la banalité vulgaire du récitatif, elle dit : « Il semblerait que non... Ce qui n'a sans doute pas l'importance que je serais tentée de lui accorder. Histoire banale, en somme... et comme la légende veut qu'il en existe des millions dans ce métier... alors que je suis bien certaine que les ratages n'y sont pas plus nombreux qu'ailleurs. J'imagine aussi que ma responsabilité, dans tout cela, n'est pas négligeable... L'habitude du whisky de trop, qui devient plus qu'une habitude, un besoin. Et du côté du type, qui a trente-cinq ans, il y a aussi le besoin d'assouvir ce sacré fantasme de la paternité. Appelons cela comme ça. Faire un enfant, donc, comme tout le monde, à défaut de faire des films. Être un père ordinaire... Et une nuit, le whisky de trop, qui a été précédé d'un certain nombre d'autres whiskies de trop, vous délivre de la contrainte de feux rouges, à cent à l'heure. On se réveille dans une belle chambre d'hôpital, pratiquement quinze jours plus tard. On se souvient à peine de choc. Ce qu'on n'oublie pas, c'est ce qu'ils vous apprennent avec infiniment de précautions : que vous avez, d'une part, bien failli y passer et que tout compte fait vous vous en tirez à moindre mal. Déjà, vous avez trouvé les ressources qui vous ont sortie du coma. C'est très bien. N'oubliez pas ce merveilleux 28 octobre 1986... Quant au fameux moindre mal, c'est juste l'ablation d'un morceau d'intestin, et de l'utérus, et d'un ovaire. Le moindre mal, c'est ça : l'impossibilité d'être mère et de porter jamais le cadeau que voulait se faire un candidat papa... Je pense qu'à la suite de ce moindre mal, au fil des jours, oui, on ne s'aime plus. Pour causes chirurgicales. Je me dis que la chirurgie salvatrice a peut-être un peu dérapé, taillé ailleurs que dans les chairs. »

Elles avaient franchi le grand virage bourrelé de creux et de bosses, et le chemin continuait tout droit sur une centaine de mètres, jusqu'à une sorte de chalet, soudain, planté dans un petit morceau de pré.

« Tu voulais des enfants ? » demanda doucement Aline.

La fixité du regard de Kate se brisa. Un instant, elle pinça entre ses dents nacrées sa lèvre inférieure.

« En vérité, je pense que non, dit-elle. Je crois que jamais ça n'avait été mon souci premier. Je crois », elle sourit, « que je ne suis pas ce qu'on appelle une *vraie femme*. Tant pis pour moi.

— Je ne sais pas ce que ça signifie, *une vraie femme* », dit gentiment, sérieusement, Aline.

Elles marchèrent en silence jusqu'au chalet. A hauteur de la petite construction de bois brut, elles quittèrent le chemin pour se diriger vers l'étroite esplanade, comme si c'était, sans qu'elles l'aient pourtant prémédité, le but normal de leur excursion.

C'était une sorte de cabane construite sur un plancher de bastings qui formait également véranda, sous l'auvent du toit à deux pans. Il y avait des bois de cerfs cloués au pignon, au-dessus de l'inscription au pochoir : CHALET JULIUS. Une rambarde de bois rond courait le long de la véranda. Elles s'y accoudèrent et, pendant un temps, sans un mot, regardèrent la vallée. Des brumes lourdes cachaient les sommets, en face.

Kate alluma une cigarette.

Il faisait froid. Le silence bruissait de mille et un petits craquements feutrés, tissant une étrange pesanteur grise.

« C'est à cause d'un enfant aussi que j'ai tué ma sœur », dit Aline.

Calmement, clairement. Comme si tout ce silence, qui pouvait s'effondrer d'un seul coup et l'écraser net à l'énoncé tranquille d'un tel aveu, ne représentait pas le dixième de ce qui pouvait faire trembler sa voix. Comme si rien, et même pas la terre s'ouvrant sous ses pieds, n'était de taille à empêcher les mots de couler.

La cigarette, deux secondes plus tard, tomba des doigts de Kate, qui laissa échapper un petit cri de surprise — puis elle reporta son attention sur la vallée. Elle semblait dans l'impossibilité de regarder du côté de la jeune fille. De lui glisser ne fût-ce qu'un simple regard biaisant.

« Ne dis pas cela », souffla-t-elle.

Aline hocha la tête de haut en bas. Le mouvement la laissa visage à demi caché, dans l'écharpe rouge.

« Si, insista-t-elle. Je le dis. »

Elle poursuivit, soudain bavarde et comme si, d'une certaine façon, le cache-nez devant sa bouche offrait la protection nécessaire : « Ma mère non plus ne voulait pas d'enfant, et elle en a eu deux. Deux filles. Mathilde et moi. Il paraît que mon père voulait un garçon, et qu'il a perdu patience ; c'est pour ça qu'il est parti, parce qu'après deux filles ma mère ne voulait plus jouer une fois de plus à la loterie, comme elle dit. Parti. Je ne sais pas s'il est mort ou vivant, je ne sais pas où il est, et je m'en fiche. Sauf que des fois j'aimerais bien qu'il sache que sa fille aînée est morte et que sa femme est folle. »

Kate avait lentement tourné la tête ; elle regardait Aline, à présent. Et Aline la regarda.

« Maman a toujours été un peu folle, tu sais ?

— Non, elle est pas folle !

— Si elle l'est !

— Non, elle est pas folle ! C'est toi qui es folle ! »

Elles riaient. C'était l'été brûlant qui vous plaque des coups de soleil dès le premier jour sur le nez et sur les épaules, et dans le décolleté. Le chalet sentait le bois brûlé, la résine, mille autres odeurs laissées à l'intérieur par tous ceux qui étaient passés là avant elles. On aurait dit que les arbres eux-mêmes zizillaient sous l'écorce.

« Elle est pas folle, elle dit que les hommes sont tous des salauds, et c'est vrai !

— Mais non, c'est pas vrai !

— Tu vas rompre le pacte, un jour, Mathilde.

— Je romprai rien du tout, pourquoi ?

— Elle est pas folle, elle a raison.

— D'accord, elle a raison. Je romprai rien du tout. D'accord ?

— Si tu le fais.

— Si je fais quoi ? »

Mais les yeux de Mathilde savaient. Savaient quoi.

« J'aime pas que tu m'appelles Mathilde.

— Tu le fais ? »

La peau douce, chaude, de Mathilde, alors. Et ses lèvres comme des caresses. Et quand on posait les doigts sur ses seins, le petit rire qu'elle avait.

« Donne ta salive, donne-moi tout...

... — Pas vraiment vraiment folle, bien sûr, dit Aline. Mais un peu bizarre quand même. A cause de... papa... sans doute. Ou déjà avant. Et puis depuis l'accident. Ils disent qu'elle est devenue vieille d'un coup. Trop vite. C'est sûrement de ma faute, aussi.

Mais de sa faute à elle, surtout. Elle nous disait : “ Mariez-vous, et vous saurez ce que c'est que vivre en enfer. ” C'est pour ça...

— Aline », dit Kate.

Elle était contre elle, elle la serrait dans ses bras. Elle respirait son odeur, le nez dans ses cheveux. Ses lèvres touchèrent la peau froide des joues. Et les lèvres d'Aline furent sur les siennes. Pressées, ouvertes. La langue chaude d'Aline contre la sienne.

Elle sentit frémir, trembler la jeune fille, qui se dégagea de ses bras en un sursaut violent. Aline recula d'un pas. Pendant quelques secondes immobiles, elles furent là, face à face, tandis que dans la bouche de Kate fondait le goût de l'autre.

« Aline, je... »

La jeune fille secoua vivement la tête. Elle avait les yeux remplis de larmes.

« Non, souffla-t-elle. Non...

— Aline, ma chérie, je suis désolée !

— Non ! » cria Aline.

Puis elle recula encore, recula jusqu'au chemin. Où elle s'arrêta. Où elle attendit.

« Il va faire nuit, dit-elle. Viens. »

D'une voix gentille, enfantine. Elle essuya ses yeux du dos de la main.

« Allez, viens », dit-elle, cachée derrière l'écharpe. Et sans doute souriait-elle.

A 19 h 30 passées, nuit froide et noire, totale, refermée sur les lumières irisées de ce qui semble être un village banal de quelque part en France et en automne.

Mais si ce n'était pas un village banal ? Si ce n'était pas une très ordinaire nuit frileuse à l'avant-garde de l'hiver ?

Si tout cela n'était qu'un camouflage trompeur, la très simple apparence prise par un piège dont les mâchoires seraient en train de se refermer avec une inexorable lenteur sans que vous ayez cependant la possibilité d'y échapper ?... Un piège informe mais total, mais réel, dont les limites vraies dépassent probablement, même, celles que dressent les montagnes enfermant la vallée, et le ciel au-dessus qui a depuis longtemps, comme un acide, digéré ses étoiles. Piège. Et ce n'est pas la peine de chercher une explication raisonnable, de se demander pourquoi le ressort a été tendu précisément pour vous — cela n'a aucun sens ; il n'existe pas de réponse satisfaisante.

« Sept sur Sept », à la télévision, commente l'irréalité d'une actualité toujours pareille. Ou bien Maguy vocifère les répliques d'une dramatique pour débiles dominicaux. Ou bien c'est un feuilleton larmoyant et danois (ou suédois).

Kate se versa la moitié d'un grand verre de Bell's, dont elle but une gorgée, et qu'elle emporta avec elle au téléphone. Se disant : Si je tombe sur son fichu répondeur, c'est la dernière fois que je compose ce numéro. Et nom de Dieu, tant pis ; alors, tant pis pour tout !

« Morrican, oui ? fit la voix de Jean-Michel.

— Rappelle-moi, dit-elle. C'est Kate. Rappelle-moi, je n'ai qu'un appareil à pièces, et c'est très peu pratique. »

Elle raccrocha.

Se disant : S'il laisse passer trois minutes, je ne réponds même pas !

Elle but une autre gorgée de scotch ; le verre était à demi vide. Elle alluma une cigarette. Avant la deuxième sonnerie, elle décrocha.

« Qu'est-ce qui se passe ? » dit Jean-Michel, sur un ton intrigué.

Qu'est-ce qui se passe ? Kate serra les lèvres ; l'espace d'une seconde, son regard brun chavira. Et elle se sentait parfaitement incapable de résumer en quelques phrases « ce qui se passait ». Elle tira une longue bouffée sur sa cigarette, dont la cendre tomba au sol, entre ses jambes croisées en tailleur. Elle regarda la cendre.

« Je voudrais que tu viennes », dit-elle.

Imaginant, là-bas, dans cette fraction de silence, la grimace de l'homme.

« Jean-Michel, je voudrais que tu viennes ici.

— Bon Dieu, Kate, qu'est-ce qui ne va pas ?

— Rien. Enfin... bon, oui, peut-être que ça ne va pas très fort. »

Silence encore. Puis : « Kate... est-ce qu'au moins tu as mis des glaçons dans ton verre ? »

Elle regarda le verre. Son contenu doré et miroitant, qu'elle fit bouger, en surface duquel elle fit clapoter de minuscules vaguelettes.

« Ce n'est pas malin, Jean-Michel...

— Pas malin peut-être, mais c'est vrai, non ?

— La question n'est pas là...

— Oh ! bon Dieu, Kate, si ! La question est tout à fait là. Et la réponse aussi... Je te l'ai dit que tu ne tiendrais pas une semaine ! Je te l'ai répété dix fois, et je ne te rappelle pas qu'on s'est même engueulés à ce sujet. Le style ermite, c'est pas ce qu'il te faut, Kate... Si tu en as assez, c'est simple : raccroche et reviens.

— Tu ne veux pas venir, toi ?

— Kate, enfin, tu plaisantes ? J'ai trois spots de pub à réaliser avant la fin du mois, dont deux sur lesquels on est encore en train de se bagarrer avec les clients et l'agence à propos des scripts ! Et tu voudrais que je saute dans un train pour...

— Oui. C'est très bête, n'est-ce pas ? »

Silence.

« N'est-ce pas ?

— Je ne sais pas si c'est le mot exact, Cathy... Mais c'est en tout cas très... déraisonnable. Tu sais ce que tu fais ?

— Qu'est-ce que je fais ? Vas-y. »

Elle tenait sa cigarette droite pour éviter que la

cendre ne tombe, et regardait le petit cylindre gris qui fumait ; elle souriait amèrement.

« Tu as deux solutions, dit Jean-Michel. La première : tu vas vider ton verre dans l'évier, tu te fais du café fort et tu en bois un demi-litre, et alors, quand ça ira mieux, tu me le fais savoir, je te rappelle, et on parle sérieusement.

— Okay. La seconde ?

— La seconde quoi ?

— La seconde solution. J'ai deux solutions, tu as dit. Alors, la seconde ?

— Tu vides la bouteille et tu te mets au lit en attendant demain.

— Bon, dit Kate. Okay. J'y réfléchis.

— Kate, écoute, je pense que... »

Elle raccrocha. Se disant : Ça ne lui plaît pas d'être interrompu comme ça. Il va rappeler. Elle se leva pour aller écraser son mégot dans le cendrier sur la table. Là, elle attendit. Elle attendit et alluma une autre cigarette. Elle avait un petit mouvement sec et régulier du poignet qui faisait tourner et clapoter le liquide ambré dans le verre. Loto sportif à la télé, après Simone Veil.

Le téléphone était pourtant bien raccroché.

Après le Loto sportif, le Journal.

Le téléphone ne sonnerait pas.

Elle avala d'un trait ce qui restait de scotch dans le verre, la tête rejetée en arrière et, pendant une fraction de seconde, la gorge offerte au tranchant du couteau de l'alcool. Ses joues très pâles se colorèrent.

Elle cessa de fixer le téléphone, quitta la pièce, son verre vide à la main, pour se rendre à la cuisine. Sur le court trajet, elle perdit une de ses vieilles savates (dans lesquelles elle se sentait les pieds à l'aise pour écrire) et dut se cramponner au chambranle de la porte entre les deux pièces pour ne pas perdre son équilibre tout en rechaussant l'espadrille.

Elle se fit du café. Elle en but un demi-litre — plusieurs tasses. Elle attendit, assise, prostrée, un long moment sur la chaise, en bout de table de cuisine, que le café fît son effet. Cet effet, quand il se produisit, ne fut peut-être pas tout à fait celui qu'elle attendait. Des haut-le-cœur bruyants et saccadés la secouèrent tandis qu'elle se précipitait vers l'évier. Elle vomit, et quand son estomac fut vide, elle eut encore quelques spasmes douloureux qui lui plièrent les genoux, l'accrochèrent à deux mains, phalanges blanchies, au rebord de l'évier.

Elle but un verre d'eau.

Plus tard, elle sortit de la salle de bains en peignoir. La télé diffusait *Mille milliards de dollars ;* Kate marqua un temps d'arrêt pour suivre une scène dans laquelle Dewaere crevait l'écran — puis il y eut l'interruption de la publicité, tombant comme un couperet de guillotine. Elle n'éteignit pas le récepteur. Passa sans s'arrêter à côté du poste téléphonique.

Elle était maintenant assise dans son lit, le bloc-notes sur les genoux et le stylo en main. Son visage était creusé et pâle. Elle écouta le vent qui s'était levé de nouveau et soufflait très fort, ainsi que la pluie glacée qui avait recommencé de battre par rafales les volets tirés.

Elle relut ce qui couvrait une vingtaine de pages du bloc-notes. Sans ciller, son regard se fixa pendant plusieurs secondes sur la dernière ligne. Elle tressaillit, secouée par un frisson qui trembla jusque dans ses épaules.

Elle tourna la page couverte aux deux tiers de son

écriture ronde et serrée à la fois. Sur la suivante, toute blanche, elle écrivit :

15 nov. Dimanche. 21 h 40

Si je t'écrivais, Aline, je commencerais par ces mots : « C'est ma faute », et j'ajouterais sans doute : « Pardonne-moi », bien que ne sachant pas si je penserais sincèrement ce « pardonne-moi ».

C'est ma faute.

C'est ma faute et celle de Jean-Michel aussi. Sans doute que je n'avais pas digéré son coup de fil et cette façon on ne peut plus « distante », désinvolte, de donner enfin signe de vie après quatre jours.

Je l'ai attendue comme on attend son premier flirt au premier rendez-vous (ce qui n'est qu'un cliché littéraire, vu que je n'ai jamais eu l'occasion d'attendre un premier flirt pour un premier rendez-vous ; l'ordinaire qui fait les clichés n'est pas fatalement au menu de tout le monde !). Sauf que, maintenant, j'imagine très bien ce que cela peut donner. Je l'ai attendue en craignant que chaque seconde qui passait soit la dernière et qu'à la place de la suivante il n'existe que le vide. Il ne faisait pas très beau et nous avions dit : si le temps le permet. Je me suis imaginé qu'il ne fallait rien de moins qu'un grand soleil de canicule pour que l'on puisse admettre que le temps le permette...

Elle est venue.

C'est ma faute. Qui m'a poussée à raconter ma vie ? C'est bien moi qui ai commencé. Et puis elle a posé des questions, et j'y ai répondu. Voilà tout.

Elle m'a demandé si on s'aimait toujours, Jean-Michel. J'ai répondu. Je l'ai dit à quelqu'un, à elle. J'ai dit les mots, et tu sais bien que dire les mots c'est franchir un pas. Tant qu'on les garde dans sa tête, ou n'importe où en soi, à l'intérieur de soi, c'est toujours *avant,* fatalement. Le fameux non-dit. Bien sûr que ça compte autant, mais ça permet de jouer encore et de tricher. Bref.

J'avais dit que pendant ces vacances en colonie il nous était arrivé de faire des balades en montagne, et je me souvenais — je me souviens — de certaines, mais j'ai oublié le nom des lieux. Elle a proposé la colline de Sainte-Marie (le nom ne me dit toujours rien), et ma foi, pourquoi pas ? Je voulais reconnaître les endroits dans lesquels ALICE avait pu se promener, où elle pourra accomplir certaines actions. Va pour Sainte-Marie.

J'ai parlé de l'enfant que tu voulais et que tu n'aurais pas avec moi. C'est ma faute. C'est à cause de cet enfant. Et elle a dit : « C'est à cause d'un enfant que j'ai tué ma sœur. » Elle l'a dit. Elle continue de lâcher des phrases qui semblent cacher toute l'horreur du monde, et elle les dit de telle façon, c'est fou, qu'on n'ose pas y répondre, qu'on ose encore moins lui demander les précisions terribles qu'on peut imaginer.

Je pense que c'est cette phrase, exactement, qu'elle a dite.

Pourquoi un enfant ? Pourquoi s'imagine-t-elle avoir tué sa sœur ? Mais ensuite, elle a parlé de sa mère, et il y a peut-être là une amorce d'explication.

Sa mère est « folle ». Hospitalisée. Je ne sais pas ce que cache exactement ce mot, « folle ». Mais il apparaît en tout cas que l'enfance des deux sœurs n'a pas spécialement été facilitée par l'élément familial. Ce n'est pas de la psychanalyse de bazar. Des faits tout simples : une mère probablement un peu « étrange » au départ, et un père qui lui fait deux filles en espérant un garçon, et qui, après que la mère s'est refusée à « rejouer à la loterie » (*dixit* ALICE Aline), fiche le camp pour ne jamais réapparaître. Tu comprends ça, toi, Jean-Michel, qu'un mec puisse abandonner sa femme et ses deux gosses, parce qu'il n'aura pas de fils ? Ha ! ha ! ha !

La mère « un peu étrange » n'a visiblement pas brossé un portrait très reluisant des hommes, en général, à ses filles. (Est-ce qu'on est « un peu étrange », Jean-Michel, quand on agit de la sorte, dans ces circonstances ?... ha ! ha ! ha ! *bis*.)

Pour elle — Aline —, cette promenade à cet endroit n'était pas innocente. On est allées jusqu'à ce chalet pour chasseurs ; le chemin continuait plus loin, mais on s'est arrêtées là.

J'ai une nouvelle insulte, toute chaude, à te donner en cadeau, et que tu pourras me lancer quand tu seras à court. Mais tu ne seras jamais à court, n'est-ce pas, J.M. ? Tu n'as pas besoin de mes cadeaux, dans ce domaine.

Est-ce que ça t'a jamais fait cet effet, à toi, mes lèvres sur les tiennes ? Un effet comparable à celui de *ses* lèvres sur les miennes ?

Est-ce que tu devines la couleur de la nouvelle insulte ?

Elle était folle de sa sœur, de Mathilde.

Elle m'a dit que quand elles étaient petites, et même plus grandes, elles venaient souvent là. Dans ce chalet. Ce chalet contient certainement des moments qui ne s'effaceront jamais pour elle.

Elle avait une sœur, et cette sœur a été aussi son grand, peut-être son seul amour. Un amour total et exclusif de deux sœurs — excessif à n'en pas douter —, comme cela doit se produire plus d'une fois. Ces jeux-là qu'on dit être dangereux, mais comment n'y pas jouer quand la vie, alentour, ne vous inspire que leurs règles pour toute échappatoire !

Est-ce qu'elle savait, quand elle a décidé de m'emmener jusqu'à cette cabane ? Est-ce qu'elle avait compris — autant que moi — ou avant moi ? Est-ce qu'elle se doutait ?

Est-ce que je savais, moi ?

Qui a embrassé l'autre ? Qui a eu peur, le plus peur, d'elle ou moi ? A quoi pense-t-elle en ce moment ?

Pourquoi m'imaginer que cet amour de Mathilde et elle a dépassé les bornes des « platoniques émois de jeunes filles » ? En vérité, rien n'est moins certain. Et c'est trop facile. Trop facile, beaucoup trop facile. Trop facile pour me souvenir que rien n'a jamais été plus brûlant que ce que fut cette nuit, la première, puis les trois suivantes, dans les bras de celle qui m'a dit pour la première fois que j'avais de beaux yeux et des seins magiques — et que j'ai crue jusqu'à la peur, jusqu'au départ, jusqu'à sa disparition. Qui s'appelait Jeanne, tout simplement.

Jamais avec toi, J.M., je n'ai joui comme avec Jeanne. Eh oui... C'est écrit là désormais, bleu sur blanc.

ALICE qui aime trop et qui pour cela tue. Et moi qui suis venue, tombée dans un scénario, pour réveiller, pour reconnaître ALICE.

Et moi qui suis peut-être venue pour Aline.

Elle en a très peu dit, sur sa sœur ni sur rien, pendant le retour. Mon Dieu, comme j'ai aimé ce retour en silence, et la nuit qui tombait alentour.

Elle n'a pas voulu entrer. Pourtant, elle n'a pas cours demain, ma petite prof de dessin. Mon Dieu, comme j'ai aimé la peur de ce qu'elle prévoyait peut-être, si elle avait dit oui.

Comme j'aime que tu aies refusé de venir ici, Jean-Michel ; comme j'aime la muflerie de tes conseils à l'ivrognesse !

Comme j'aime être à ce point terrorisée par demain, et par les heures qui vont couler à partir de maintenant.

Lundi 16

Au cours des nuits qui avaient suivi l'accident, elle avait fréquemment revécu ces disputes qui l'avaient précédé, chevauchant le dos hérissé du cauchemar. (« Revivre » est un terme faible et impropre, car le cauchemar faisait bien davantage que répéter — dupliquer — simplement un moment de la vie passée ; il amplifiait avec une force qui ne manquait pas de la projeter hors du sommeil, régulièrement, la laissant pour de longues minutes de temps cassé, en sueur, tout entière comme une grande crispation suspendue au centre de la nuit, comme pendue dans le vide à une barre qui lui aurait traversé la tête d'une tempe à l'autre, une autre barre jaillissant de sa bouche, chacun de ses épieux de fer étant les cris de Mathilde, et les siens.) Si bien qu'en désespoir de cause, quand elle se retrouva dans l'impossibilité de fermer l'œil, rongée de jour comme de nuit par la terreur du cauchemar, Aline fut bien obligée de consulter ce même médecin qui avait délivré le permis d'inhumer de sa sœur et qui avait déjà laissé entendre qu'on serait forcé un jour d'envisager l'internement de sa mère, et l'homme de la Faculté lui prescrivit ce traitement qu'elle suivit consciencieusement. Elle avala les pilules qui enveloppèrent sa vie de flou, tranchèrent petit à petit des coupes douces dans sa mémoire, et lui procurèrent des réveils très lisses, vierges de toute trace de rêve, avec juste la bouche un peu sèche et la langue comme pelliculée de carton.

Le médecin lui avait laissé entendre qu'il ne serait pas mauvais pour elle de « changer d'air un moment et de voir de nouvelles têtes », mais ce n'était qu'une suggestion de sa part, et non une directive fermement ordonnée, aussi préféra-t-elle dire que non, elle ne ressentait pas ce besoin, pas plus qu'elle ne souhaitait arrêter son travail — et puis elle ne voulait pas abandonner sa mère dans ces instants pénibles. Elle avait pris les pilules, les cachets, les ampoules buvables...

Jusqu'à ce que la jeune femme descende du train, ce 11 novembre, et que moins d'une demi-heure plus tard Aline interprète les premiers signes.

Ou, plus exactement, elle cessa d'avaler les pilules et les cachets le surlendemain de l'arrivée de la jeune femme.

Dans cette nuit du dimanche au lundi, le cauchemar refit son apparition, et, contrairement à ce que l'on aurait pu croire, il n'avait rien perdu de sa violence : l'action provoquée par les substances chimiques contenues dans les pilules avait simplement fait croire à sa délitescence, mais c'était un leurre, un mensonge ; le cauchemar était resté tapi dans un coin d'ombre, prêt à resurgir à la moindre occasion.

Et cette nuit n'était pas la « moindre » occasion.

Le cauchemar était revenu. Sans doute pouvait-on le

nommer différemment, car s'il avait surgi pour enfler et emplir graduellement tout le volume de la nuit, Aline n'avait pas l'impression, quant à elle, d'avoir fermé l'œil plus de trois minutes consécutives. C'était un « cauchemar » qui n'avait plus besoin, tout à coup, du sommeil hospitalier de sa victime. Qui au contraire semblait suffisamment fort dans son existence autonome pour empêcher ce sommeil. Il existait de lui-même et partout alentour.

Elle avait vu poindre le jour et le néant profond de la chambre se changer en pénombre. Elle avait entendu les bruits du matin dans l'immeuble — et notamment ceux du lever de Christophe, quelque part au-dessus de sa tête... puis plus tard le sifflotement qui avait accompagné sa dégringolade sportive des escaliers... Elle avait entendu les cris des élèves dans la cour, par-delà les coups de fouet de la pluie qui s'était remise à tomber en fin de nuit.

Elle se leva, et le cauchemar — qui pouvait se nommer également le souvenir, débarrassé à présent de sa gangue nocturne — rôdait toujours alentour.

Elle avait à préparer un cours pour le lendemain, à corriger des travaux d'élèves. Ce travail aurait dû normalement lui amputer une bonne partie de son temps de week-end. Elle n'avait rien fait, même pas ouvert le carton à dessin. Et ne l'ouvrit pas davantage ce matin-là ; toute l'attention qu'elle y porta, ainsi qu'à ses cahiers de cours, fut un long coup d'œil vague et lourd, à un moment, pendant près d'une minute, tandis que l'eau pour le thé chauffait dans la bouilloire.

Elle ouvrit les volets. Ce serait une journée supplémentaire ravagée par la pluie et le vent. Entre les cours, certains élèves que les bourrasques à décorner un bœuf ne gênaient pas, trouvaient le moyen de faire les pitres dans la cour...

Elle se vêtit d'un jean, d'un pull, chaussa ses bottes de pluie, enfila son ciré et coiffa son bonnet. Puis attendit. Debout derrière la fenêtre, là, mains dans les poches de son ciré, avec dans le regard la fixité d'une grande patience, presque la marque d'une certaine sérénité. Elle attendit ce moment creux et mort pendant lequel elle était assurée de croiser le moins possible de regards indiscrets, dans son cours trajet jusqu'au garage.

Elle prit la peine de descendre de voiture — il tombait des cordes ! — pour refermer à clef la porte basculante.

Elle traversa la cour en diagonale, au plus court vers la porte d'enceinte du collège. Le vacarme de la pluie tambourinant la carrosserie couvrait le bruit du moteur ; les essuie-glaces peinaient comme s'ils avaient dû trancher dans une gélatine épaisse ; le vent secouait les vitres des portières.

Dans la rue de Mesnyl, Aline roulait un peu moins vite encore que d'ordinaire, sous la violente cataracte qui empêchait pratiquement toute visibilité... et croisa, sur le trottoir, Christophe à la tête d'une colonne de vingt gamins et gamines de retour de... la piscine : ils avançaient, serrés et courbés derrière leur prof, lui-même tête baissée, comme si la tempête avait fait courir au groupe le risque d'un éparpillement brutal, d'une seconde à l'autre. Aline fut néanmoins certaine d'avoir remarqué le coup d'œil en biais de Christophe, et convaincue qu'il avait reconnu la voiture.

Quelle importance, en fait ? Le cauchemar-souvenir ricana dans sa tête et balaya toute pensée liée de près ou de loin à la possibilité même de l'existence, quelque part, de Christophe...

Elle roula dans les rues du bourg. Un quart d'heure plus tard, elle s'arrêtait devant la troisième maison du lotissement des Buis. La quatrième était située un peu au-delà, à droite de l'allée principale. Elle était couverte depuis moins d'une semaine ; les huisseries n'étaient pas encore posées et de grandes feuilles de matière plastique étaient tendues sur les façades les plus exposées au « vent du mauvais temps » ; des ouvriers, qu'on apercevait parfois par une des ouvertures béantes, travaillaient dans le bâtiment. Mais ce n'était pas cette quatrième maison qui intéressait Aline.

C'était la troisième, devant laquelle elle avait stoppé la voiture, sur le côté gauche de l'allée.

Aucune des quatre habitations du lotissement en construction n'était déjà occupée, mais de toutes, la troisième était sans doute celle qui se trouvait la moins éloignée de cette échéance. Elle se dressait, volets fermés, au milieu des tas de pierres et de terre destinés à composer les faux talus qui devaient s'appuyer contre — et cacher — les murs de soubassement du sous-sol. Sans doute ne restait-il à finir que quelques travaux intérieurs — comme les peintures ou la pause d'un dernier robinet, d'un ultime radiateur ?

Aline ne descendit pas de la voiture. Elle coupa le contact et attendit. La pluie roulait sur la peau de tambour du toit et dégringolait le long des vitres. Entre deux ruissellements, on apercevait la maison au milieu de ses tas de terre comme de petites collines nappées de boue.

Puis les volets d'une fenêtre s'ouvrirent, et Mathilde, à la fenêtre, souriait, et il faisait un soleil de plomb, et elle appelait Aline de la voix et du geste : « Entre vite ! Ne reste pas là, dehors, par ce temps de chien, voyons ! » Ce qui n'allait pas du tout : pourquoi, sous un pareil soleil, parlait-elle de temps de chien ?

Aline tressaillit, sursauta, même. Elle avait dû s'assoupir. Elle crut que la pluie coulait dans son dos, mais c'était une sueur froide, gluante. Elle avait les pieds glacés.

Il pleuvait moins fort.

Les ouvriers de la quatrième maison sortirent l'un derrière l'autre par l'ouverture surélevée de la porte d'entrée, dont l'escalier d'accès n'était pas encore maçonné, marchant en file indienne sur une planche jetée par-dessus les deux mètres de vide, et qui pliait comme un ressort sous leur poids. Ils grimpèrent tous dans une camionnette qui démarra aussitôt — sauf un. Un grand type maigre revêtu d'une tenue de pluie jaune, qui se dirigea vers sa voiture garée un peu plus loin (et que la camionnette avait cachée aux yeux d'Aline jusqu'alors), monta dedans, démarra à son tour. Il s'en fut dans la direction opposée à la camionnette, c'est-à-dire qu'il remonta l'allée centrale du lotissement et se retrouva à hauteur de la R 5 d'Aline stationnée depuis le milieu de la matinée sur ce qui serait le trottoir. Il ralentit et s'immobilisa. A travers les vitres des deux voitures, Aline le vit, penché vers elle, qui s'agitait, disait des choses qu'elle ne comprenait pas. Il baissa la vitre de sa portière côté passager, à demi couché sur son siège, et du geste l'invita à faire de même. Elle obéit, dans un mouvement machinal.

« Z'attendez quelqu'un, p' t'être ? », dit l'homme au visage buriné et maigre, au petit chapeau de feutre sale et déformé sur lequel la pluie avait saupoudré ses gouttes noires... Il n'attendit pas la réponse d'Aline — en admettant qu'elle ait songé à en donner une — et poursuivit : « Parce qu'y a pus personne sur le chantier, maintenant. Ni ici », il désigna la troisième maison d'un mouvement de menton, « ni là-bas » coup de tête en direction de la quatrième. « Z'êtes là depuis au moins deux heures. »

Elle sourit, fit un petit geste de la main qui pouvait signifier tout ce qu'on voulait, hocha la tête. Elle remonta la vitre de la portière. Trois secondes, le type conserva sa position, puis il se redressa, avec peut-être un haussement d'épaules. Il s'en fut.

Après le départ de la 2 CV verte, Aline attendit encore. Et longtemps. Elle était assise derrière son volant et ne bougeait que pour frotter de temps en temps ses mains l'une contre l'autre.

Elle pensait que les ouvriers seraient de retour avant 14 heures. A partir de 13 heures, elle craignit de voir revenir la 2 CV verte, et à 13 h 30 n'y tint plus. De toute façon, la grande quincaillerie, le lundi, n'ouvrait ses portes que l'après-midi, à 14 heures, et attendre ici ou sur le parking, c'était pareil. Elle n'aurait ni plus chaud ni moins froid...

Elle laissa la troisième maison aux volets clos derrière elle, au milieu de ses tas de terre ruisselants. L'averse battait un peu moins fort.

Et un peu avant 14 heures, il ne pleuvait plus du tout, sans que l'on puisse avancer naturellement s'il s'agissait d'une véritable éclaircie durable, ou si l'inondation recommencerait dans les minutes suivantes.

Le grand parking asphalté, entre la quincaillerie et le supermarché, à l'entrée du bourg, était vide et luisant, comme recouvert d'une chape de mercure ou d'argent, avec des flaques ici et là et des ruissellements que le vent frisait. Vide... à l'exception de caddies éparpillés, encastrés les uns dans les autres comme les tronçons de quelque grande chenille métallique... et de la voiture d'Aline, à hauteur du passage que les employés de la quincaillerie emprunteraient obligatoirement pour se rendre au parking intérieur réservé au personnel, derrière le magasin.

Le premier qui arriva fut celui qu'elle attendait.

Elle le regarda passer et vit qu'il jetait un coup d'œil curieux dans sa direction. Elle descendit de voiture. Ses membres étaient engourdis de froid. Elle avait le teint gris de quelqu'un que la grippe menace, et ses lèvres tremblaient. Mais son regard, non.

« Etienne », dit-elle.

Il s'était garé sous l'auvent du grand bâtiment, et il attendait, debout à côté de sa voiture, sa haute silhouette sombre se découpant crûment sur le fond pâle, jaune, d'un haut mur de rouleaux de laine de verre. Elle dit : « Etienne », et s'arrêta, à deux mètres. Elle n'allait certainement pas lui tendre la main — ni encore moins, bien évidemment, lui faire la bise comme cela s'était produit quelquefois, un certain temps. Elle se souvenait parfaitement à quelle occasion elle s'était trouvée aussi près de lui pour la dernière fois, et cela lui paraissait très loin dans le temps... ou ne datant de pas plus profond qu'hier.

Mais il avait changé, cependant, crut-elle déceler. Les traits plus creusés. Amaigri ? Sans doute un peu. Elle songea : « Est-ce qu'il me trouve changée, moi ? Est-ce que ça l'intéresse et est-ce que ses pensées, même involontaires, flottent aux abords de ce sujet ? »

Il ne dit rien. Ni « bonjour » ni rien. Son visage aux

traits marqués n'exprimait que l'attente, sans plus, et sur le masque ne subsistait plus la moindre trace de cette colère qui y avait explosé la dernière fois — quand, un autre jour d'automne, elle était allée le voir sur le chantier de la maison qui n'avait alors pas encore de toit, un soir.

Elle dit, puisque c'était à elle de parler : « Je suis allée au lotissement. J'ai cru que tu y travaillais, les lundis matin. »

Il ne répondit pas. Mais il regarda sa montre, sans discrétion.

« Est-ce que je peux te parler un moment ? demanda Aline. Je n'ai pas osé aller chez tes parents. »

Il hocha la tête. Ses lèvres dures, pâles, se décollèrent enfin pour une amère grimace : « Ici, c'est guère mieux.

— Je voudrais te parler.

— Je prends mon boulot dans cinq minutes, dit Étienne. Et les autres vont arriver. J'ai pas le temps. »

Elle pencha la tête de côté. Attendit quelques secondes, puis :

« Je patienterai, ou bien je te suivrai. Tu ne peux pas refuser de parler à une cliente ; un chef vendeur se doit de montrer l'exemple. C'est important, Étienne. »

Un tic fit bouger les lèvres du visage dur. Il plissa les paupières. Comme si la peau l'exsudait, une légère trace de colère refit surface.

« La dernière fois que tu es venue me voir " pour me parler ", dit-il, c'était important aussi. Et je t'ai écoutée. Et j'aurais mieux fait de me casser une jambe, ce soir-là... Est-ce que je dois me casser une jambe tout de suite ? Qu'est-ce qui t'arrive, après tout ce temps ?

— Je veux savoir », dit Aline.

Elle frappait le sol d'un pied, puis de l'autre. On voyait bouger ses mains dans les poches de son ciré noir et luisant.

« Savoir ?

— Comment et pourquoi Mathilde est morte. »

Il pâlit vraiment. Fit un effort visible pour conserver son calme — comme s'il tenait avant tout à donner cet aspect-là d'un chef vendeur discutant avec une cliente...

« Tu es devenue folle ? Comme ta mère ? Qu'est-ce que tu veux vraiment, espèce de... »

Elle ferma les yeux. Puis les ouvrit. C'était comme si son sang devenait gazeux dans ses veines... ou encore, au contraire, comme s'il s'alourdissait pour chuter comme du plomb liquide dans ses pieds, dont la peau allait crever, d'où il allait jaillir et former une grande flaque rouge...

« Je veux savoir, dit-elle.

— Fous le camp ! » gronda Étienne.

Et Aline :

« Je resterai là, j'attendrai. On me demandera pourquoi et ce que je veux, et je dir...

— Savoir quoi, garce ? Il y a plus d'un an que je t'ai écoutée, un soir, et je t'entends encore. Et je te vois encore. Je vois ton sacré air de sainte-nitouche satisfaite du bon tour que tu me jouais. Je t'entends encore me dire que j'étais bien le dernier des couillons si j'espérais pouvoir " garder " Mathilde pour moi. C'est ce que tu as dit, tu te rappelles ? Tu te rappelles, non ? Qu'est-ce qu'il y a d'autre à comprendre ? »

Elle fit « non », lentement, de la tête — mais c'était faux, bien sûr. Bien sûr qu'elle se souvenait. De toute la nuit, elle s'était souvenue, non seulement de cette conversation-là avec lui, mais des disputes, et des menaces, avant, avec Mathilde. Elle dit : « Non...

— Non ?... espèce de petite salope, fit Étienne à mi-voix. Moi, j'ai pas oublié un seul mot. Pas un seul ! Elle était pas faite pour moi, pour personne, et certainement pas pour être une bonne épouse soumise dans une maison de pouilleux ! Elle ne te quitterait pas ! *Toi !* C'était ta sœur et plus que ça, et vous aviez juré de ne jamais laisser personne vous séparer... Hein ? Et si je croyais la tenir avec une histoire de gosse — si j'essayais ça — j'étais bien le dernier des imbéciles pour y croire, parce qu'avant moi il y en avait eu d'autres, et ce n'était pas la première fois qu'elle se ferait avorter. Tu ne te rappelles pas, dis ? Bon Dieu, fous le camp, Aline. »

Il dit « Aline » et cela la transperça comme une lame — pareil que dans le cauchemar, quand elle se balançait, suspendue et la tête traversée par la barre de fer des voix.

« Et l'avortement, en détail, tu me l'as raconté. Pour que je ne me fasse pas la moindre illusion à ce sujet.

— Et puis elle est venue te voir, plus tard, ce soir-là... »

Étienne retint sa respiration... Progressivement, la pâleur s'effaça de ses joues. Il exhala, lentement, entre ses lèvres entrouvertes.

Une voiture arriva, se gara sous l'auvent. Un vendeur en descendit, adressa un signe de la main à Étienne qui tira précipitamment de sa poche un trousseau de clefs.

« Tiens ! cria-t-il. J'arrive ! »

Il lança le trousseau que le vendeur attrapa au vol.

« Va-t'en », dit Étienne en reportant son attention sur Aline. « Va-t'en. »

Les accents de la colère, comme la pâleur, étaient retombés.

« Elle est venue, ensuite », dit Aline.

Il soutint son regard qui ne cillait pas, qui s'accrochait à lui et ne s'en détacherait que lorsqu'il lui aurait donné satisfaction, comme une tique gorgée de sang vampirisé tombe de la peau d'un chien.

« Elle est venue, oui, dit Étienne. Et je lui ai demandé si elle avait déjà décidé d'une date pour son nouvel avortement.

— Qu'est-ce que tu dis ? souffla Aline.

— Tu veux savoir, non ? Je lui ai demandé ça à brûle-pourpoint. Si elle avait déjà décidé une date. Elle a d'abord commencé par nier, pour le précédent, puis elle a reconnu les faits, après que je lui ai dit que tu étais venue me raconter la chose. Et elle a voulu me faire croire que pour cette fois, pour nous, ça ne se passerait pas comme ça ! Je l'ai envoyée paître, je l'ai pas crue. Tu es contente ? Elle est partie dans sa voiture se tuer sur la route, trois minutes plus tard, elle et ce qu'on peut probablement pas encore appeler un gosse, mais qui en était au moins le début, dans son ventre. Pas besoin d'avor...

— Tais-toi, dit Aline.

— Tu veux savoir, mais tu veux savoir quoi ? »

Il fronça les sourcils en remarquant la lividité cadavéreuse d'Aline, soudain.

« Elle n'était pas enceinte, murmura Aline. Elle voulait juste me faire peur avec ça.

— Tu te fous de moi ? Tu es venue me menacer de ce qu'elle allait faire si je pensais pouvoir la tenir de cette façon. »

De nouvelles gouttes de pluie se mirent à tomber,

s'écrasant avec un bruit mat sur la cour du parking, et avec un bruit clair sur le toit métallique de l'auvent.

« Je lui ai dit que si elle avait cette idée-là en tête avec moi, autant ne pas attendre plus longtemps. Voilà tout. C'est ce que tu voulais, non ? »

Aline n'écoutait plus. Elle entendait l'autre voix ricanante, qui hurlait maintenant : « Elle était enceinte ! Elle l'était déjà, encore, et vraiment ! Elle était enceinte et elle a appris ce que tu étais allée raconter à cet homme ! et elle savait ce dont tu étais capable, avant de mourir ! »

Et une autre voix, qui ne ricanait pas, qui parlait d'un autre accident de voiture, d'une autre victime, qui, elle, n'avait jamais été enceinte et ne le serait jamais.

Elle recula, à pas comptés, lents.

« Bon Dieu, attention ! » cria Étienne.

Elle sursauta, fit un écart. La voiture du deuxième vendeur qui arrivait comme toujours à tombeau ouvert l'évita d'un cheveu.

Elle sourit. Puis tourna les talons et s'en fut en courant. Personne ne vit qu'elle pleurait, sous la nouvelle averse, tandis qu'elle courait vers la R5. Personne n'était là pour voir.

« Garce ! » gronda Étienne entre ses dents. Puis, au second vendeur qui s'approchait : « Tu seras content, toi, le jour où tu réussiras à écraser quelqu'un dans cette cour !

— On planquera le corps dans la laine de verre ! » répliqua, hilare, le second vendeur.

Et s'il avait reconnu « l'ex-future-belle-sœur » de son chef, il n'y fit pas la moindre allusion.

[illegible]

[illegible] avaient accueilli !

[illegible]

[illegible]

[illegible] voulait [illegible]

[illegible]

Le lundi, Kate s'éveilla dans le milieu de la matinée, et ce qu'elle entendit lui enleva tout courage pour un long moment — c'est-à-dire environ trois quarts d'heure, pendant lesquels elle demeura allongée sur son lit, la grosse couverture piquée tirée sur son menton, à écouter rugir les rafales de vent et la pluie tout autour de la maison. Puis elle rejeta la couverture, se dressa, assise, et dit à haute voix : « Bon. Je l'appellerai à midi. »

Et se leva.

Elle se trouva sans rien d'autre à faire qu'attendre midi. Pour passer le temps, elle accomplit des mouvements et des gestes bien ordinaires pour lesquels il n'était certes pas utile d'avoir traversé quasiment la moitié de la France jusqu'à venir s'enfermer dans une maison isolée d'un village noyé sous la pluie. Elle prit une douche, se fit du café qu'elle but, traînassa en peignoir d'une fenêtre à l'autre. Elle but un verre de scotch, pas davantage, qui lui donna le courage nécessaire pour regarder d'un œil les programmes matinaux de la télévision.

Elle alla s'asseoir sur son lit et écrivit quelques lignes sur son cahier de notes. Elle demeura un certain temps dans cette position, mordillant son stylo, comme si elle attendait la venue d'autres mots. Mais les mots ne vinrent pas et elle referma le cahier.

Elle consulta vaguement ce qu'elle avait écrit concernant le scénario.

A midi moins le quart, elle était maquillée, coiffée, habillée. Elle portait un pull très lâche de grosse laine rouge et sa jupe de cuir noir. Sur ses jambes nues, le hâle de l'été était encore visible. Elle ne mit pas de chaussures, allait de sa démarche qui faisait joliment rouler ses hanches, légèrement cambrée.

Ce fut midi, et puis ce fut midi passé de quelques minutes, et Kate n'avait pas appelé. Elle était simplement restée plantée devant l'appareil, en fumant une cigarette qu'elle tenait nerveusement entre deux doigts qui tremblaient de plus en plus fort. Elle s'aperçut qu'elle attendait surtout que la sonnerie retentisse, qu'elle avait espéré que cela se produirait à midi — espéré et souhaité vraiment très fort, au point d'y croire vraiment —, ce qui n'était rien moins que tout à fait déraisonnable.

Elle se dit qu'elle appellerait à 13 heures, sachant au fond qu'elle ne le ferait pas si la sonnerie n'avait pas vibré d'ici là, et elle commença non plus d'attendre cette limite qu'elle s'était fixée mais de craindre le moment où rien, finalement, ne se serait produit ni ne se produirait. A craindre chacune des minutes conduisant à ce moment-là.

Elle se versa un autre verre.

A 13 h 30, elle avait pris une décision : elle se donnait jusqu'au milieu de la semaine pour réfléchir. Mercredi soir, elle saurait si elle rentrait à Paris ou si elle restait. Elle aurait choisi entre ces deux folies.

Une heure et demie plus tard, et deux verres en plus, elle sut qu'elle avait déjà probablement pris sa décision : elle se tenait debout devant la fenêtre du living et vit arriver, sous l'averse, la voiture d'Aline.

Il y avait dans l'émotion qui l'envahit quelque chose de pratiquement terrifiant, parce que trop fort, trop inconcevable — comme une résurrection, quelque chose en quoi on a rêvé il y a bien longtemps, qu'on a vu naître ensuite avant de s'apercevoir que ce n'était que cela : un mensonge, et qui revient alors qu'on ne l'attendait plus, certainement pas sous cette forme, et qui dit : c'est cela, c'est exactement cela — et cette fois, on en donnerait sa vie et sa mort en gage, c'est la vérité.

Elle accueillit Aline à l'entrée, la laissa se débarrasser de son ciré ruisselant, puis l'embrassa sur les deux joues.

« Bonjour », dit-elle.

Bien sûr, elle avait son regard à la fois dur et fuyant, mais son sourire aussi. Elle sentait la pluie, le froid. On avait envie de la serrer contre soi et de lui donner toute sa chaleur propre — de la lui donner toute, jusqu'à soi-même être glacée, cela n'avait pas d'importance.

Parce qu'Aline était là, parce qu'elle était venue. Ce dont Kate n'avait pas douté un instant depuis son réveil, alors que ni l'une ni l'autre, la veille, n'avait formulé l'éventualité de la visite.

« Viens, dit Kate. Tu es froide comme la neige. »

Mais Aline restait dans l'entrée. Et elle dit : « Tu ne veux pas plutôt monter chez nous ? »

C'était rouge et brûlant dans la poitrine de Kate : ça devint fou quand elle entendit prononcer ce « chez nous ». Et tout ce qu'elle pensait alors — elle en prit conscience — n'était rien d'autre que « Mon Dieu ! »... Elle acquiesça. Elle se demandait si cet état second dans lequel elle flottait avait quelque rapport avec le fait qu'elle avait peut-être trop bu, ou pas assez...

« Dans l'appartement, poursuivit Aline... tu comprends, c'est comme si maman s'y trouvait encore. Cachée dans les murs. » Elle rit, un peu nerveuse, un rire qui rebondit sur deux notes pour convaincre Kate que la jeune fille savait pourquoi elle était venue... « Cachée dans les murs ou derrière les tableaux.

— Oui », dit Kate.

Elle laissa monter Aline la première. Elle se demandait si elle avait une clef.

Elle avait une clef.

« Il fait trop mauvais, dehors, dit Aline. Je préfère ne pas ouvrir les volets, d'accord ? »

Elle avait allumé quelques spots. Kate approuva : « Bien sûr... Est-ce qu'il fera ce temps pourri pendant des semaines ? »

Pour toute réponse, Aline fit une moue pointue, haussa légèrement une épaule en signe d'ignorance. Elle élargit son sourire, secoua la tête. Ses mèches blondes étaient lourdes, humides.

« Je me sèche les cheveux et je reviens, dit-elle. Une minute. Tu veux mettre de la musique ? »

Kate acquiesça encore. Elle regarda Aline disparaître derrière la porte de plexi noir opaque de la salle de bains.

La moquette était d'une douceur très agréable sous les pieds nus. Kate marcha jusqu'à la chaîne. Elle s'agenouilla pour inventorier les disques. La voix d'Aline traversa la porte de plexi : « Mets celui qu'on aime bien ! »

Kate sourit.

« Comment savoir ? dit-elle. Celui qu'*on* aime bien.

— Tu sais », dit Aline.

Il y avait un disque sur la platine, et Kate tenait la pochette vide entre ses mains. Ce disque qu'elle avait remarqué la première fois. Elle reposa la pochette, mit en fonction l'ampli et la platine. Sa main tremblait. Le diamant se posa doucement sur le sillon. Puis la voix d'Emmylou Harris monta — Kate baissa le son.

Elle se redressa, regardant tourner le disque.

« Tu vois, tu sais », dit la voix d'Aline.

Ce n'était pas tant l'irruption de cette voix dans la musique que son ton grave qui fit se retourner Kate.

La jeune fille se tenait à quatre pas. Les cheveux ébouriffés encore par la friction à la serviette qu'elle venait de leur faire subir. Son pull tombait jusqu'au sommet de ses cuisses, puis elle eut ce geste ; elle le retira d'un mouvement naturel et se découvrit, nue, du triangle fourni et doré de son sexe à ses seins ronds aux aréoles turgescentes, la taille joliment pliée dans le mouvement qu'elle fit pour passer le vêtement par-dessus sa tête. Elle laissa tomber le pull au sol. Elle avança vers Kate.

Ne dit rien.

Elle était contre Kate, elle était dans ses bras, elle avait ses lèvres qui effleuraient celles de Kate. Elle l'entraîna, et ce fut elle, sur le lit, qui la déshabilla.

« Fais-moi ce que j'aime, s'il te plaît », souffla Aline.

Et Kate fit ce qu'elle aimait, elle, et ce que Jeanne avait aimé.

De la peau d'Aline, de ses lèvres, de ses doigts, de tant de douceur montèrent la braise et les flammes, pour consumer Kate tout entière, pour se déverser en elle et bouillonner en tourbillon dans ses lèvres, ses doigts, sous sa peau. De sa gorge montèrent des cris, comme de premières éclosions, des fleurs pourpres aux épines de velours, jamais fleuries jusqu'à l'instant présent. Elle fit les gestes oubliés, redécouverts, inventés pour briser ce silence dans lequel, louvoyante, Aline se tenait enfermée. Elle fit des gestes qu'elle aurait juré ne pas connaître à la seconde précédant leur accomplissement — qu'elle aurait juré ne pas connaître, même, tandis qu'elle les faisait, tandis que ses doigts couraient et que ses lèvres buvaient l'amère douceur de ce velours épineux qui était aussi le corps d'Aline.

Le volcan creva plusieurs fois, longtemps.

Puis Kate ouvrit les paupières. Sur l'oreiller froissé, déchiré même, dans la broussaille de cheveux blonds, il y avait le visage d'Aline, ses yeux qui la regardaient. La goutte de sang sur le bord de sa lèvre inférieure.

« Tu ne partiras pas », dit Kate. Elle souffla : « Je t'emmène. Viens... Viens ! »

Dit ces mots-là qu'elle n'avait jamais dits, mais entendus, oui, et prononcés pour elle, en qui elle avait cru. Les dit pour quelqu'un.

« Je ne savais pas, souffla Aline. Je ne savais pas, je te le jure ! Si c'est pour ça que tu es revenue, je ne savais pas ! »

Elle se dressa soudainement, appuyée à deux mains sur le lit. Ses seins portaient les marques rouges des caresses un peu rudes de Kate. Kate tendit une main vers eux. Aline se rejeta vivement en arrière, roula hors du lit. Elle fut debout, avec son regard de glace, la trace de sang sur sa lèvre.

« Je ne savais pas ! » dit-elle. Et si c'était un cri, quelque chose de râpeux y faisait obstacle, au fond de sa gorge, ou dans son ventre, là d'où montait le cri, pour en faire comme un vrai feulement animal. « Tu ne m'emmèneras pas ! »

Il y eut un bruit de cassure, à la fois très très loin de Kate et au centre précis de sa tête.

Aline pivota. Sur ses fesses également subsistaient les marques rougeâtres du volcan. Elle courut, silencieuse, sur la moquette noire, et disparut, cachée par l'angle que formait la pièce. Kate l'entendit ouvrir un placard dans le coin-cuisine. Elle s'assit sur le lit, remonta ses jambes qu'elle enserra à deux bras, posant le menton sur un genou. Dans cette position, ses seins étaient pressés contre ses cuisses.

Ses vêtements étaient éparpillés n'importe où, et là-bas, le pull d'Aline.

La jeune fille fut de retour, silencieuse toujours. Elle tenait une serviette à la main, qui pendait.

« Je ne le savais pas », dit-elle, et le sourire que Kate avait préparé tomba. « Je ne savais pas que tu étais vraiment enceinte. »

Tout au fond du cerveau de Kate, le bruit de cassure se fit de nouveau entendre, amplifié. Elle se redressa, lentement, son menton quitta le genou, ses seins se décollèrent de ses cuisses.

« Aline, souffla-t-elle. Qu'est-ce que ça signifie ? »

Et le bruit de cassure n'était pas retombé, il roulait, il cascadait.

« J'ai cru que si ça se produisait, ce serait comme la première fois, dit Aline. La première fois, avec l'autre, dont tu n'as jamais voulu me dire le nom... même pas à moi ! Mais j'ai cru que ça ne s'était pas produit, que tu disais ça pour me faire peur, pour me faire mal, pour m'ennuyer... Cette partie du pacte, tu ne l'as jamais respectée, Mathilde ! Jamais ! Tu n'y as pas cru, jamais. Quand tu disais que nous étions les deux seules personnes qui avaient le droit de s'aimer, rien que nous deux, tu n'y croyais pas ! »

Kate se mit à genoux. Lentement. Doucement. Puis doucement, lentement, elle se leva.

« Aline, dit-elle. Je ne suis pas... je ne suis pas Mathilde... »

Un frisson courut le long de son dos, couvrant de chair de poule la peau de ses reins.

« Tu ne sais même pas qui tu es, dit Aline d'une voix très basse, irréelle. Moi, je sais. J'ai deviné. J'attends les signes depuis un an ! Tu ne sais pas ce que c'est que la peur de tous les jours, pendant un an ! La peur de voir les signes et de comprendre que tu n'as pas oublié la deuxième partie du pacte. Que tu aurais peut-être oublié, mais non... pas après être morte dans cette colère contre moi ! Mais je ne savais pas que tu étais vraiment enc...

— Aline, ma chérie, je t'en pr...

— Tais-toi ! »

Cette fois, l'ordre était un vrai cri, qui interrompit net le mouvement que Kate avait amorcé en direction de la jeune fille.

« J'ai vu maman devenir folle et vieille, et presque morte, en quelques mois ! gronda Aline. Et quand elle a été partie, tu es venue. Tu ne sais même pas... ou tu veux me faire croire que tu ne sais pas, hein ? Mais ça ne marche pas. Il y a trop de signes. J'attendais, j'étais attentive. C'est la peur qui rend très attentive. Tu as rompu la première partie du pacte, et moi je romps l'autre. Je ne veux plus... Je ne croyais sans doute pas que ça pouvait se produire, et puis j'ai su que oui, bien sûr. Je ne croyais pas que tu pouvais mourir d'abord, avant moi ! Et puis c'est ce qui s'est produit, et par ma faute — je le sais aujourd'hui comme je ne l'ai jamais su. Mais tu n'y parviendras pas. Tu n'y arriveras pas ! Tu ne m'emmèneras pas, Mathilde ! Tu ne *m'emmèneras pas !* »

Kate secoua la tête, la bouche sèche, sans qu'un seul mot pût s'en échapper. Le bruit de cassure rebondissait en elle.

« Tu as sa voix, reprit Aline, et dès que je t'ai entendue j'ai su que c'était le premier signe. Tu fumes ses cigarettes, depuis un an, depuis que tu es sortie du coma, le lendemain de sa mort. Elle a trouvé le moyen qui convenait. Tu dis comme elle que tu ne voulais pas d'enfant, comme elle que tu préfères les femmes aux hommes, comme maman a su nous l'apprendre, tu dis que tu m'aimes, moi, mais tu mens ! Comme elle cet accident de voiture — et c'est elle qui t'a sauvée, tu n'en sais rien, peut-être ! Tu as son âge, tu es venue ici, *revenue*, pour écrire *mon histoire* à ta façon ! Elle portait même ton prénom ! J'ai compris tous les signes, je me tenais sur mes gardes ! »

Kate ferma les yeux. Très pâle, tremblante, nue face à la jeune fille nue qui tenait cette serviette dans une main comme elle aurait tenu une matraque molle. Son front s'était couvert de sueur.

Elle dit : « Je voudrais... je ne me sens pas bien... »

Et fit un pas, deux, en direction de la jeune fille.

Aline hurla : « Je ne veux pas ! Je ne veux plus ! »

Elle frappa, d'un coup droit, avec la serviette raidie. Elle vit se déformer les traits du visage de Mathilde, sa bouche s'ouvrir grande, et songea : « J'avais ma langue dedans, tout à l'heure », car bien sûr, si ce n'était pas tout à fait Mathilde, c'était *surtout* elle. Songea : « Je sais pourquoi ils font des couteaux si pointus », car elle n'aurait pas cru qu'il fallût frapper avec tant de force pour traverser la peau d'un ventre. Elle avait nettement senti la résistance élastique, et puis la lame entra, si fort que la serviette fit un bouchon et que sans elle, probablement, sa main serait entrée en même temps que la lame.

Mais elle savait exactement quoi faire. Elle s'y était préparée. Une fois l'ultime doute envolé, elle savait.

Elle lâcha le couteau quand il buta contre la cage thoracique de Mathilde, là-haut, presque entre ses seins. Elle la vit, avec ce visage horrible et déformé, cette bouche béante sur le hurlement muet, qui regardait elle aussi le couteau, et puis ce déferlement de viscères et de sang qui jaillissait du ventre ouvert. Elle la vit qui reculait, avec ces intestins visqueux, fumants, beaucoup trop pour être contenus dans un simple ventre de femme, qui pendaient maintenant entre ses cuisses aspergées. Qui trébuchait contre le lit, tombait à la renverse, avec enfin un cri vrai, court.

Et quand elle cessa de bouger, enfin, enfin, enfin, Aline sourit. Délivrée.

Plus tard, elle était toujours nue, et les éclaboussures de sang avaient séché, poisseuses, sur sa peau blanche. Elle avait lu tout ce qui était écrit. Et jusqu'aux dernières lignes du cahier :

Lundi

Je l'attends. Elle viendra.

Elle eut un petit rire grelottant. Écrivit, elle, avec le premier crayon trouvé sur la table :

Tu n'as pas réussi. Il faudra revenir !

Pendant un moment, elle resta assise à la table, ne se souciant aucunement des fenêtres aux volets ouverts. Elle chantonna cette chanson qu'elles aimaient bien.

Puis elle prit le cahier, sur la couverture et les pages duquel le sang poissait comme sur sa peau. Elle quitta la pièce. Dans l'entrée, elle enfila son ciré, car il pleuvait toujours.

Christophe se préparait à allumer la télévision quand on sonna. Il ne fermait jamais sa porte à clef, cria : « C'est ouvert ! »

L'instant d'après, il crut qu'il était en train de devenir fou.

Elle avançait en souriant. Elle avait les cheveux mouillés. Son ciré était ouvert et elle était nue dessous, non seulement nue mais entièrement maculée de sang. Elle lui tendit le cahier : « Lis, maintenant », dit-elle.

Et tout ce qu'il fit, ce fut de saisir ce cahier mouillé et taché.

Elle se tenait debout devant lui. Il regarda le jet d'urine qui coulait entre ses cuisses et frappait le sol. Elle aussi, souriante. Elle s'accroupit quand elle eut fini.

« Elle a essayé », dit-elle gravement, sans cesser de sourire. « Mais elle n'a pas réussi. »

Puis, encore : « Lis. Lis ça. Il faut lire. Après, tu seras bien obligé de me croire. Je t'expliquerai. »

Jeudi 26

C'était une lettre sur papier blanc. L'écriture avait quelque chose de scolaire, d'appliqué. Des lettres rondes, droites, avec tous les accents nécessaires, tous les points sur les *i* et aux *t* toutes les barres — une barre pour chacun quand il s'en trouvait deux accolés.

Monsieur

Excusez-moi si je vous écris et si je vous adresse ce cahier ci-joint. Excusez-moi surtout si j'ai été obligé de le lire, mais je l'ai fait et je pense que je dois vous l'adresser, maintenant. J'y ai réfléchi et je pense que c'est ce que je dois faire, parce que ça vous revient.

Je vous ai vu quand les pompes funèbres sont venues chercher le corps. Quelqu'un a dit que vous étiez son mari et c'est pourquoi j'ai cherché votre nom et votre adresse. Le nom, je l'ai trouvé dans le cahier. J'ai trouvé facilement votre adresse et j'espère que c'est la bonne.

Je n'ai pas donné ce cahier à la police. D'abord parce qu'on ne m'a rien demandé. Et je crois que c'est à vous qu'il revient. Je m'excuse de l'avoir lu, mais si je ne l'avais pas fait, je ne pourrais pas penser ça.

Je suis l'homme chez qui la jeune fille qui a tué votre amie est venue, après avoir fait ce qu'elle a fait. Je veux parler d'Aline Bihrlinger. C'était une collègue et je crois qu'elle m'aimait bien, j'étais un copain, pour elle, et c'est sans doute pour ça qu'elle est venue chez moi après, avec ce cahier, en me disant de le lire et que je comprendrais. Elle n'avait pas vraiment de connaissance à qui se confier. Elle était un peu bizarre, mais en fait pas plus que n'importe qui. Je ne voudrais pas prendre sa défense pour ce qui est arrivé d'horrible, je dis simplement ce que je crois. Ça vous paraîtra fou autant qu'à moi. Ce qui est écrit dans ce cahier m'a paru assez incompréhensible aussi, mais peut-être n'en sera-t-il pas de même pour vous. Vous, c'est votre métier. Enfin, voilà. Moi, je ne suis pas très fort pour écrire, même une lettre.

Enfin, ce que je veux dire, c'est que si Aline Bihrlinger a tué votre amie, c'est parce qu'elle croyait que c'était sa sœur. Sa sœur s'appelait Mathilde et elle est morte il y a un peu plus d'un an. Elles s'entendaient très bien toutes les deux. Si vous voyez ce que je veux dire. Aline m'en avait parlé souvent, c'est-à-dire de sa sœur. On voyait qu'elle supportait mal sa disparition, mais on pensait que ça passerait, comme pour tout le monde, dans ces cas-là. Pour elle, non. Elle m'en a parlé aussi ce soir-là, avant que je réussisse à aller prévenir un voisin qui a prévenu la police et un médecin. Elle était folle, c'est sûr, mais ce qu'elle m'a dit, en tout cas, elle y croyait. Et c'est encore ce qu'elle dit, là où elle est, dans cet asile de fous où ils l'ont enfermée.

Parce qu'elles s'entendaient si bien qu'elles s'étaient juré de ne jamais se quitter. Jamais. A la vie et à la mort.

Elles avaient fait un pacte comme on en fait quand on est gosse, mais il y en avait sûrement une des deux qui y croyait plus que l'autre. Elles s'étaient juré que si une des deux mourait un jour, elle viendrait chercher l'autre le plus rapidement possible. Et c'est ce qui s'est passé. Mathilde est morte brutalement, et depuis ce jour-là Aline qui croyait dur comme fer au pacte s'est mise à avoir peur. Peur que sa sœur ne revienne la chercher pour l'emmener où elle était. Si elle avait pu, je crois qu'elle se serait enfermée dans une boîte, bien à l'abri. En ce moment, dans son asile, elle se croit à l'abri, elle demande qu'on la protège et qu'on fasse bien attention. Elle guette tous les signes qui lui paraissent suspects. Elle dit qu'elle a réussi à y échapper une première fois, mais que c'est pas fini. Surtout maintenant (c'est elle qui le dit) qu'elle sait que sa sœur est morte à cause d'elle, et que c'est sûrement une partie du pacte qu'elle cherchera à accomplir (c'est ce qu'elle dit). Je suis allé la voir une fois. Je pense que j'y retournerai pas.

Elle a vu ces signes-là qu'elle craignait, et voilà pourquoi elle s'est débarrassée de votre amie. Elle a agi pour se défendre, on pourrait dire.

C'était un pacte qui comptait plus que tout pour elle, au point d'y croire dur comme fer, comme je l'ai dit, et d'en avoir peur comme on n'imagine sûrement pas. Chaque matin en se réveillant ou chaque soir avant de s'endormir, elle devait penser à ça, sans doute. Faire attention aux signes qui pouvaient signifier que sa sœur revenait la chercher.

Maintenant, je vous avoue qu'après avoir lu le cahier, je suis presque à me demander...

Vous vous ferez votre opinion. Je reste à votre disposition, si vous voulez en savoir davantage ; quoique je pense avoir à peu près tout dit. Vous trouverez mon adresse ci-dessous.

Je vous adresse mes salutations distinguées.

Christophe Erns

P.S. : Si je vous ai écrit, c'est que je pensais que c'était le mieux que j'avais à faire.

Jean-Michel Morrican lut et relut la lettre plusieurs fois. Ainsi que le cahier, aux pages maculées de taches brunâtres.

Il plaça la lettre et le cahier avec les autres papiers, les autres notes écrites par Kate, dans une chemise sur laquelle était tracé en lettres capitales le titre du scénario. Et la chemise dans un classeur de son bureau, avec d'autres projets en attente.

Il écrivit deux phrases de remerciements à Christophe Erns, utilisant une carte de visite très sobre sur laquelle figurait simplement son nom, pas son adresse.

DÉCEMBRE 1987

Vendredi 11

Kate n'aurait su dire combien de temps dura exactement sa perte de conscience (certainement guère plus d'une minute). L'odeur de la moquette lui emplissait les narines.

Une certitude prenait possession d'elle-même, contre laquelle elle ne se sentait absolument pas de taille à lutter — convaincue qu'il n'y avait pas de lutte possible —, qu'elle acceptait avec un fatalisme parfait qui était sans aucun doute le premier des symptômes extraordinaires de cette inconcevable situation dans laquelle elle venait de chuter : une certitude blanche et limpide, comme une eau calme, sans ride : elle était devenue folle.

Elle n'imaginait pas qu'une moquette puisse avoir une odeur différente de celle de la colle qu'on utilise pour la fixer au sol. C'était étonnant.

Elle avait ce genre de pensée démesurément incohérente dans les premiers instants qui suivirent son retour à la conscience, toujours allongée par terre, les yeux ouverts.

Jean-Michel l'avait frappée, elle s'était écroulée, et puis il l'avait laissée là. Elle percevait toujours la musique qui s'échappait doucement des baffles. La douleur commençait de chauffer sa joue, et puis un endroit rond à la base de la nuque. Elle apercevait le mur de la pièce, au-dessus du canapé de vieux cuir et de l'aquarium sur la cheminée inutilisable : le mur nu, où se trouvait, avant, l'affiche originale de *Gilda,* sous verre. Plus d'affiche. Le mur nu.

Elle se voyait (une partie d'elle-même flottant) couchée à terre, là, en train de comprendre qu'un certain nombre d'objets qui lui avaient appartenu et qui s'étaient trouvés dans cette pièce — en plus de l'affiche originale — avaient disparu.

Alors elle se redressa, péniblement. Tourna la tête une fois, deux fois. Ça faisait mal à la base de la nuque, davantage que sur sa joue.

Jean-Michel l'avait frappée. Une gifle, ou peut-être même un véritable coup de poing qui contenait toute la violence désespérée qu'on peut mettre dans un tel geste pour tuer. « Mais non, voyons, ma vieille ! songea-t-elle. Puisqu'il a dit que j'étais morte… » Un petit filet de rire coula en elle, un petit chapelet dont elle n'était pas sûre que quelques grains n'avaient pas roulé hors de ses lèvres. Immédiatement, elle sentit couler les larmes chaudes, presque brûlantes — sur la joue touchée par le coup de poing, elle ne les sentait pas.

Et elle vit Jean-Michel, debout, là, au centre de la pièce. Qui la regardait se redresser, avec, toujours, ce regard parfaitement halluciné de terreur ou de stupéfaction — ou les deux, ou davantage encore — qui n'avait pas bougé. Qui ouvrait et refermait la bouche sans qu'un son cohérent en sorte.

Elle avait cette odeur de moquette dans les narines, un mauvais goût de fer froid dans la bouche. C'était la première fois qu'elle se trouvait dans cette situation (et par cette situation, elle entendait : à quatre pattes, ainsi, se relevant d'une beigne magistrale que son amant venait de lui donner... Elle s'accrochait au ridicule très *banal* de cette situation pour n'avoir pas à affronter ce qui n'allait pas tarder à éclater, ce qui flottait dans l'air, sur la musique, tout autour d'elle et qui, dans quelques secondes, l'étoufferait...).

« Bravo, dit-elle. C'est un accueil réussi !... » Et elle s'entendit poursuivre : « Je dois comprendre que tu ne veux plus me voir ? »

Debout, elle vacilla légèrement. Jean-Michel ne fit pas un geste, ni pour la soutenir ni pour la renvoyer au tapis... Il avait l'air de vaciller un peu lui-même. Puis il recula, au hasard, de trois pas incertains, et, butant contre le plateau de la table, s'y appuya. Elle le vit qui déglutissait péniblement, fermait enfin la bouche ; un peu de couleur monta de nouveau à ses joues cadavéreuses.

Elle porta les doigts à son visage, pour vérifier que ce qui coulait chaud sur sa peau n'était pas du sang. De s'apercevoir que non la soulagea suffisamment pour lui permettre de faire quelques pas à son tour, jusqu'au canapé, dans lequel elle se laissa tomber — le choc secoua une nouvelle pointe de douleur pesante dans sa nuque.

Pendant un long moment, ils furent ainsi, à se regarder l'un l'autre, sans un mot.

Les larmes de Kate cessèrent de couler. Le diamant se décolla, au bout du sillon du disque, et la musique s'arrêta.

Dans le silence, comme si chaque mot était une écorchure qui lui déchirait la gorge, Jean-Michel dit : « Kate, tu es morte, bon Dieu ! Tu es morte ! »

Avec un tel accent de conviction absolue qu'elle se sentit fautive et complètement déplacée en s'apercevant qu'elle respirait un peu trop rapidement ; fautive d'avoir mal sous ce coup qu'il lui avait porté. Comprenant qu'il n'avait pas frappé pour deux raisons, mais pour celle-là, unique, absolument essentielle : se prouver à lui-même qu'il ne pouvait pas l'atteindre puisqu'elle n'était qu'un fantôme — frappant pour balayer et effacer cette apparition spectrale. Et c'était inconcevable que la gifle ait pu atteindre de la chair véritable.

« Jean-Michel », dit Kate, luttant pour ne pas s'engloutir dans un nouvel évanouissement. « Si tu m'expliquais...

— Nom de Dieu ! cria-t-il d'une voix déchirée par un sanglot. Expliquer ! Expliquer quoi ? Qu'est-ce qu'il y a à expliquer ?

— Comment je pourrais être morte, et pourquoi... et en même temps être ici, à te poser la question... »

Il mit un certain temps, apparemment, à assimiler le sens de la question. A moins qu'il ne l'ait même pas entendue... qu'il se trouvât, en cet instant, à cent lieues de là. Puis il fila comme une flèche en direction de la table basse qui faisait office de bar, et sur le plateau inférieur de laquelle étaient rangées les bouteilles. Il eut beaucoup de mal à en saisir une, parmi toutes celles que ses gestes maladroits entrechoquaient. Il ne cessait de jeter des coups d'œil par-dessus son épaule, en direction de Kate, comme s'il craignait de la voir se dresser à tout instant pour lui sauter dessus, ou alors comme s'il espérait la voir disparaître. Il finit par extirper une bouteille de scotch, dont il dévissa fébrilement le bouchon. Il but au goulot. Puis, la bouteille à la main, il revint prudemment vers la table et sa chaise, sur laquelle il se laissa tomber. Il faisait face à Kate. Après avoir laissé échapper un juron sourd, un de plus, il but une autre gorgée. L'alcool épongea sa lividité.

Il hésita, il eut une esquisse de geste en direction de Kate, proposant la bouteille.

« Certainement pas, dit-elle. Je viens de passer un mois pas facile pour m'en débarrasser... Plus une goutte. Et je...

— Plus une goutte », répéta Jean-Michel.

Elle acquiesça : « Et je te jure pourtant qu'en ce moment... je crois que j'en aurais bien besoin... »

Il approuva, balançant la tête, l'air hagard d'un idiot qui veut exprimer sa volonté de comprendre. Puis il se mit à parler.

Lentement, d'abord. Avec des mots qui se heurtaient, comme une colonie de choses vivantes et indépendantes en pleine bousculade. Avec des phrases qui ne s'achevaient pas, s'imbriquaient les unes dans les autres. De temps à autre, il avalait une gorgée d'alcool... jusqu'à se rendre compte que cela risquait, à la longue, de démultiplier tout simplement l'incohérence de ses propos. Alors, il posa la bouteille à ses pieds. Il poursuivit et son discours se fit précis, net, implacable.

Il se tut, il attendit un instant. Il hocha la tête, encore, tandis que son regard, pour une seconde, exprimait de nouveau l'hébétude.

« Je suis cinglé, dit-il. Cinglé, d'être là, à raconter tout ça... A *te* raconter tout ça.

— Ou bien c'est moi, dit Kate. Moi qui t'écoute me raconter ma mort, qui suis folle... »

Un sursaut secoua Jean-Michel Morrican. Il se couvrit le visage à deux mains, demeura dans cette position un court instant ; puis les mains tombèrent ; il avait les traits creusés, fatigués, les yeux brûlants, de la sueur perlait sur son front. Il dit (récita) : « Kate... Kate, tu es partie dans ce bled pour un mois, dans l'intention d'écrire ce putain de scénario. Tu y es allée, tu m'as téléphoné, je t'ai téléphoné, tu as rencontré cette fille et... nom de Dieu, Kate, elle t'a tuée ! Elle était cinglée, elle t'a prise pour une réincarnation de sa sœur qui était morte par sa faute et avec laquelle elle avait passé un foutu pacte idiot du style : " Quand une de nous deux mourra, elle viendra chercher l'autre. " Nom de Dieu, Kate, voilà ce qui s'est passé, et cette fille t'a éventrée ! Tu n'allais pas bien, Kate, tu le sais. Et quand tu m'as téléphoné, ça n'allait pas bien ! Tu t'es mélangé les... tu as tout mélangé, le scénar et cette histoire avec cette fille dingue. Tu en es tombée amoureuse, merde, j'invente rien ! A cause de quoi, l'autre cinglée a pris peur comme jamais. Elle te prenait pour sa sœur réincar... nom de Dieu de nom de Dieu, Kate, elle t'a éventrée, purement et simplement. J'y suis allé. J'ai reconnu... j'ai *reconnu ton corps,* Kate, devant les flics, j'ai assisté à ta mise en boîte. Bordel de merde, Kate. C'est moi qui ai dit aux flics que tu avais une tante, à Nancy, pour toute famille, c'est moi qui leur ai dit que tu voulais être incinérée. Et c'est ce qui a été fait, Kate ! J'étais là, témoin ! Je l'ai vu, de mes yeux vu, Kate. J'ai vu l'incinération, avec ta tante. Tu as été assassinée le lundi 16 novembre par une dingue. Le 19, tu as quitté ce bled dans un cercueil et... j'étais là, Kate ! J'étais pas le seul ! Le 20, tu as été incinérée...

— Pas moi, dit Kate.

— Nom de Dieu, j'étais là ! Si je suis dingue, moi aussi, il y en a un paquet d'autres... Tous ceux qui t'ont vue, là-bas, en compagnie de cette fille Birlinger, ou Barlinger... et cette fille est maintenant internée chez les dingues pour ce qu'elle a fait. Et c'est pas tout ! Il y a...

— Je ne suis jamais allée à Ramont, dit Kate.

— Il y a ce... hein ? Tu n'es jamais allée à Ramont ? Tu veux essayer de me faire avaler ça ?... Nom de Dieu, mais... *qui êtes-vous ?* Qui es-tu, qu'est-ce que vous chercher à...

— Je te l'ai fait croire, dit Kate. Je suis allée ailleurs. Et là, je ne voulais pas que tu le saches... Je t'ai fait croire que je voulais m'isoler pour l'écriture du scénario. Me suis souvenue de ce bled où j'étais allée quand j'étais petite en vacances. J'ai contacté le S.I. et j'ai loué un appartement dans une maison, à une certaine Mme Bihrlinger. J'ai envoyé des arrhes. Mais je n'y suis jamais allée.

— Kate, s'il te plaît... »

Jean-Michel saisit de nouveau la bouteille. Il transpirait abondamment à présent, ne cessait de s'essuyer le visage, d'une main ou de l'autre ; il s'épongea le front au creux du bras qui tenait la bouteille.

« Laisse, dit Kate, sèchement. Laisse cette bouteille. Avant que je devienne vraiment folle, si c'est ce que tu veux, avant que j'en vide une à moi toute seule... écoute-moi, Jean-Mi. »

Ils s'affrontèrent en silence. Lentement, Jean-Michel reposa la bouteille au sol. Il eut un petit éclat de rire bref, totalement crétin.

Kate dit : « Un jour, j'ai pris le train à la gare de l'Est, mais ce n'était pas pour Ramont. C'était pour

Nancy. De Nancy, j'ai pris un autre train... J'avais décidé cette cure sans te le dire, parce que je voulais m'en tirer toute seule. Et je l'ai fait. Une cure de sevrage, comme on dit, dans une clinique privée. Voilà où j'étais, Jean-Michel. Dans une clinique privée, à discuter avec un psy. Cure de sommeil pendant la première quinzaine, puis soutient psychothérapique, sédatifs et réhydratation intensive, vitamines B à haute dose. » La sécheresse du ton s'effrita, sa voix monta, se fit aiguë. « La clinique est située à Ravenelles, j'ai mes bulletins d'entrée et de sortie, je peux le prouver, *le prouver,* et prouver aussi... tiens, regarde ! »

Elle se dressa mais, quand elle le vit se tasser sur sa chaise, retomba assise dans le canapé. Fébrilement, elle retira sa veste, retroussa les manches de son chemisier, découvrant les saignées du coude où persistaient des marques d'hématomes jaunâtres. Et elle tendit les bras.

« Perfusions ! cria-t-elle. Pour dormir ! Perfusions de sédatifs puissants, et quand on se réveille... »

Elle laissa retomber ses bras.

« Un mois dans une clinique avec des... des malades, comme moi. Sans sortir, sinon sur la fin, dans le parc. A échanger des impressions avec d'autres malades. A lire l'*Histoire de la Lorraine,* pour passer le temps entre les conversations avec les psychologues... Voilà où j'étais. Voilà ce que j'ai fait. J'ai toutes les preuves. Toutes les *preuves,* Jean-Michel, parce que je savais bien que j'aurais à te les montrer, pour expliquer mon mensonge... pour expliquer pourquoi je n'avais pas écrit une foutue ligne de ce scénar, comme " convenu ". Je croyais pas... croyais pas que j'aurais à prouver que je n'étais pas morte ! »

Alors Jean-Michel se leva. D'une démarche un peu

raide, automatique, il se rendit vers les étagères de son coin-bureau. Il revint à Kate, un cahier à la main. Hésita.

Il posa le cahier par terre, à portée de main de la jeune femme. Recula. Se tint debout, appuyé d'une main tremblante au dossier de sa chaise. Il dit : « C'est ce que tu as écrit, là-bas. Ton journal, Kate. C'est ton écriture, et ton histoire... Les taches, c'est ton sang... Ce qui est écrit dans ces pages, personne d'autre que toi n'a pu l'écrire à ta place. Personne d'autre ne pouvait savoir certains détails et... Personne d'autre que toi, Kate. C'est ton écriture. Tu parles même des coups de téléphone que tu m'as donnés, et de ce qu'on s'est dit — et c'est vrai... Je sais pas qui vous êtes, je sais pas... mais tu étais là-bas, du 11 novembre au 16. Tu as écrit et daté ce journal, ça correspond aux faits. Elle t'a tuée, là-bas, et tu as été incinérée quelques jours plus... »

Kate hurla : « Je suis vivante ! »

Comme on crie quand on ne sait plus.

Samedi 12

Mais voilà : elle était vivante. Catherine Tolviac vivait et vivait suffisamment pour souffrir et tout ignorer du moment qui sonnerait l'échéance de son martyre.

Mais voilà : de toute évidence, *l'autre* avait bel et bien vécu aussi, en tout cas pendant un temps, en tout cas quelques jours — avait vécu sans contestation possible, puisqu'on l'avait assassinée.

D'un côté comme de l'autre, les preuves étaient là. Irréfutables. Comme un filet qui tombe, enfermant les mêmes rets, les mêmes mailles bien trop serrées, Jean-Michel Morrican et Cathy-Kate Tolviac. Car elle prit connaissance des *preuves* du séjour de Kate à Ramont et de ce qu'elle y avait vécu avant d'y mourir éventrée par une jeune fille folle. Tout comme il prit connaissance des *preuves* du séjour de Kate dans cette clinique de l'Est ; il lut les *preuves* écrites qu'elle avait rapportées, il téléphona au médecin qui l'avait soignée pendant un mois.

Elle lut et relut ce cahier maudit... elle lut les pages

qui avaient été écrites de sa main, ces phrases qui disaient, effectivement, ce que personne d'autre qu'elle n'aurait pu exprimer — qui d'autre connaissait, par exemple, l'épisode de Jeanne ?

Au bout de cette première nuit, ils se regardaient, marqués et hagards l'un et l'autre, et l'un et l'autre hantés par la peur du sommeil qui pouvait les emporter et les laisser à la merci de celui (ou celle) des deux qui resterait éveillé.

Il y eut les bruits de la rue, les bruits de l'immeuble. Il y eut le jour qui monta et envahit progressivement l'appartement.

Ce fut comme un signal, attendu plus ou moins consciemment par chacun. Le signal d'une action à tenter, quelle qu'elle fût, pour essayer de déchirer quelques mailles du filet. Jean-Michel s'approcha. Il la toucha. Elle s'écroula contre lui, abandonnée enfin, et ils restèrent ainsi embrassés pendant longtemps.

« C'est drôle... », dit Kate, mais elle ne riait pas. « Dans cette *Histoire de la Lorraine* que j'ai lue — le livre est là, dans mon sac, c'est le seul que j'avais emporté... avec quand même quelques notes pour le scénar, au cas où... — à propos de Jeanne d'Arc, j'ai appris qu'après sa mort, et par deux fois, il y a eu...

— Kate, bon Dieu ! coupa Jean-Michel.

— ... deux filles qui se sont présentées en affirmant qu'elles étaient la Pucelle, et on les a reconnues...

— Des notes que tu avais prises ? » dit Jean-Michel.

Elle acquiesça. D'un même mouvement, ils se précipitèrent vers le sac, toujours posé par terre dans le hall. Ce fut elle qui l'ouvrit. Qui en extirpa le bloc et le présenta à Jean-Michel. Il lut. Ses mains tremblaient. Le contenu des notes correspondait à ce qui avait été écrit, concernant le scénario, dans les premières pages du cahier... ainsi qu'à ce qui était écrit sur les *autres carnets* trouvés parmi les affaires de *l'autre Kate.*

« Tout ce qui nous passe par la tête peut être une amorce d'explication, dit Kate. Absolument tout. »

Ce fut ce matin-là qu'il téléphona à la clinique. Après quoi, un peu plus tard, il dit : « On est prisonniers ici, Kate. Toi et moi. Et je me vois mal prévenir les flics ou je ne sais qui... Tu es morte et incinérée, tu comprends ? Tes cendres sont dans une saloperie d'urne, quelque part en... Tu comprends ? Je me suis occupé de ton appartement, j'ai rendu les clefs, j'ai annoncé ton décès... Tout le monde sait que tu es morte, tout le monde. »

Il avait un sourire tremblant, comme un enfant qui va fondre en larmes.

« J'ai... j'ai vendu tes meubles, j'ai enlevé d'ici tes affaires, tes bouquins, tes... Nom de Dieu, Kate, j'ai gardé deux ou trois trucs, mais...

— Je veux y aller, dit Kate. Je veux aller là-bas. »

Il soutint son regard. Puis lâcha : « Cette clinique ? Où elle perche, exactement ? »

Ils avaient somnolé dans le train, comme si l'endroit public le leur permettait sans risque. Jean-Michel piqua encore deux ou trois fois du nez dans le taxi.

C'était la nuit tombée et il n'était pas 18 heures.

« Bonsoir ! » dit joyeusement le médecin-psychiatre, quand ils franchirent la porte de son bureau.

Il souriait.

« Tout va bien, n'est-ce pas ? demanda-t-il à Kate en lui serrant la main.

— Tout va bien », dit-elle.

Elle présenta Jean-Michel comme son « compagnon », et pendant une demi-heure ils écoutèrent les conseils du psy — qui s'adressait principalement au « compagnon » — concernant l'importance de l'attitude de « l'environnement » pour une malade qui vient de subir une cure de sevrage. Jean-Michel écouta en hochant la tête, sagement.

Dans la chambre d'hôtel qui donnait sur la rue éclairée pour Noël, il se tenait debout devant la fenêtre aux volets ouverts. Il n'éteignait sa cigarette que pour en allumer une autre. Il soufflait la fumée devant lui, l'envoyant s'écraser contre le carreau.

Kate ne s'était pas déshabillée. Elle sortit de la salle de bains, s'assit sur le bord du lit.

« Jean-Michel », dit-elle.

Et lui, sans se retourner : « Oui.

— Je ne veux pas dormir... Ils m'ont fait ces perfusions, et je dormais, c'était agréable. Je me réveillais, je dormais... Ensuite, je me suis réveillée pour de bon. Pour tomber dans ce cauchemar... *Ça s'est passé pendant que je dormais,* tu comprends ?

— Je suis là et je...

— Mais pour moi, ça ne fait pas de différence ! Si je dors, est-ce que...

— Tu as dormi un tas d'autres nuits, Kate, après. Quand l'autre était déjà... après, quand c'était fini et qu'elle était morte... » Il écrasa son mégot dans le cendrier qu'il avait pris avec lui, le posa sur le rebord de la fenêtre et ajouta : « Qu'est-ce que c'était, alors ? Qui était-ce ? »

Un petit rire bref lui répondit. « C'était moi, dit Kate.

— Qui a pu se faire passer pour toi avec cette...

— Personne. Tu m'as vue morte, non ? C'est toi qui m'as reconnue, non ?

— J'ai vu une femme morte qui te ressemblait.

— C'était moi », dit Kate, du lit où elle se tenait raide, droite. « Tu as lu le cahier, c'était mon écriture, tu m'as entendue au téléphone, tu m'as appelée. J'ai appelé Brigitte aussi... C'était moi et je suis morte, voilà. C'est mon écriture. Personne d'autre que moi ne pouvait écrire ce qui est écrit.

— Et ton opinion en ce qui me concerne est véritablement celle qui...

— C'était exactement cela, Jean-Mi. Exactement. Depuis l'accident, en tout cas... »

Dans un soupir, Jean-Michel jura entre ses dents. Il ralluma une autre cigarette.

Quand il l'eut fumée jusqu'au filtre, et écrasée, il dit : « Est-ce que ça se pourrait, Kate ? Une espèce de fantôme de cette autre fille, la sœur de cette folle, qui... qui aurait pris ta place ? Elle est morte dans cet accident de voiture, et pratiquement au même moment tu étais dans le coma, toi aussi. Est-ce qu'elle a pu... je ne sais pas... prendre modèle sur... se modeler en attendant... une occasion ?

— En attendant que je choisisse cet endroit où je devais théoriquement m'isoler pour travailler...

— Nom de Dieu, Kate ! Il faut bien qu'il y ait une solution, une explication ! Sinon je deviens fou, moi ! Et toi... Il y a sûrement un tas de facteurs qui ont fait que... qu'une première fois, pendant ton coma, l'esprit d'une morte s'est peut-être incrusté au tien, profitant de la vacance, en quelque sorte... et qu'une seconde fois, pendant ce sommeil artificiel... Ça doit s'expliquer, Kate !

— C'était moi, dit-elle. Un double. Un double en chair et en os. Et elle m'a tuée parce qu'elle a reconnu sa sœur. Un fantôme en chair et en os. »

Il regardait la rue.

« Elle m'a apprise par cœur, dit la voix de Kate. Pendant ce coma dans lequel j'étais plongée. Elle a erré un temps et elle m'a trouvée, et elle m'a apprise par cœur, et peut-être qu'elle m'a donné la force de revenir à moi. Nous étions finalement si proches l'une de l'autre. J'étais le réceptacle idéal pour ce qu'elle avait à faire... Elle m'a habitée pendant tout ce temps. Qui sait, peut-être que c'est elle qui m'a poussée à choisir cet endroit — nous le connaissions toutes deux. Elle m'a poussée à monter mon stratagème, et elle savait, elle savait... Elle n'était pas suffisamment sûre de moi pour me... téléguider, pour m'obliger à faire ce que je devais faire... Elle a utilisé ce sommeil, pour être tranquille. Pour agir à sa guise. Croyait-elle... Mais peut-être que ce qu'elle avait appris de moi était trop fort pour elle, encore. Elle a dû dépenser beaucoup d'énergie pour... s'incarner. »

Il se tourna vers elle. Il la regarda, assise au bord du lit, et elle soutint son regard sans broncher.

« Je sais, dit-elle. Je ne t'oblige pas à rester... Après tout, c'est moi, maintenant, le fantôme, non ? »

Dimanche 13

Il entendit le ronflement rauque, comme un craquement dans sa tête, et ce fut ce qui le réveilla — c'était lui qui ronflait. Il avait sursauté. Une douleur causée par sa mauvaise position dans le fauteuil était plaquée sur ses reins ; une autre lui corsetait la nuque.

Il s'était dit que dans ce fauteuil inconfortable au possible le sommeil ne risquait pas de l'atteindre (ou alors, en tout cas, qu'il lui serait plus facile d'y résister), mais il s'était trompé. Impossible de savoir s'il avait réellement dormi ou simplement somnolé, ni pendant combien de temps exactement. C'était encore la nuit. Dans la rue, les guirlandes de Noël étaient toujours allumées et elles éclairaient la chambre, par la fenêtre aux volets non tirés.

Dans cette lumière jaunâtre et vaguement pisseuse, Kate se tenait assise sur le lit, non plus au bord, mais au centre, adossée au mur.

Il vit immédiatement qu'elle ne dormait pas, qu'elle n'avait pas dormi, sans doute. Il rencontra son regard posé sur lui. (Il lui avait dit : « Repose-toi. Moi, dans ce fauteuil, je veillerai... je n'ai pas sommeil... ») Comment pouvait-elle tenir ? Par quelle force intérieure ? C'était sa seconde nuit blanche... Combien de temps pourrait-elle tenir encore, avant de craquer ?

Est-ce que c'était normal, cette force de résistance ?

Les yeux de Kate étaient posés sur lui. Il essaya de trouver une position confortable dans le fauteuil, et il eut l'impression que ses mouvements provoquaient des bruits qui devaient s'entendre à l'autre bout de l'hôtel — des bruits, en tous les cas, qui emplissaient la chambre de façon démesurément amplifiée.

Les yeux de Kate le regardaient.

Elle dit : « Est-ce qu'on en a parlé dans les journaux ? »

Il ne put réprimer une plainte sourde, comme quelque chose qui lui emplit la tête et s'échappa malencontreusement d'entre ses lèvres... et crut comprendre un peu ce que devait être cette peur de s'endormir que ressentait Kate. Ou la peur de *se réveiller,* après.

« Les journaux... », maugréa-t-il.

Elle était assise, les jambes croisées en tailleur, droite.

« On en a bien parlé dans les journaux, non ? dit-elle. Il y a bien eu des photos, des articles... Ça a été un fait divers plutôt spectaculaire et inhabituel, non ?

— Je ne sais pas », dit Jean-Michel.

Il redoutait de comprendre où elle voulait en venir. A un moment, il s'était dit qu'elle aurait sans doute cette réaction-là, finalement — qu'il lui faudrait bien en passer par là, par tout ce chaos insensé —, puis il s'était lancé avec elle dans cette résistance effrénée en solitaires, principalement érigée pour tenter de fuir au plus vite l'assaut de la folie qui menaçait de les engloutir l'un et l'autre. Et maintenant, voilà.

« Tu n'as pas lu les journaux ? » dit-elle. C'était à peine une question... rien que des mots lourds de sous-entendu traduisant une dangereuse incrédulité. « Tu n'as pas découpé les articles...

— Je t'assure, Kate... » Il s'entendait parler, et sa voix lui semblait étrangère ; simplement une voix qui montait d'un coin de cette chambre anonyme coïncidant avec l'emplacement où il était censé se trouver dans un méchant fauteuil. « Je t'assure. Je n'ai rien découpé du tout. Il y a probablement eu un papier dans la presse locale... Je ne l'ai pas découpé, non. J'avais autre chose à penser, tu peux me croire.

— Tu pensais que j'étais morte, que c'était terminé... »

Il soupira. Lourdement. Puis : « Vas-y. Va jusqu'au bout de ce que tu t'imagines...

— C'est bien mon écriture, sur le cahier, et j'en suis la première étonnée. Si quelqu'un doit bien en être étonnée, c'est moi... Non ? Mais tu as pu apprendre ce qu'il y a d'écrit et qui me concerne... intimement. Tu as pu savoir. Tu as pu faire imiter mon écriture... ou l'imiter toi-même. Tu as pu apprendre que je me rendais à cette clinique après t'avoir fait croire que je m'isolais dans ce bled. Ce n'est pas plus fantastique d'expliquer la chose sous cet angle que de vouloir imaginer que l'esprit d'une femme morte ait pu s'incarner dans un... un support physique qui me ressemblait si fort... physiquement et mentalement... Tu pourrais être en train d'essayer de me rendre folle, Jean-Michel... Tu es le seul à avoir pu prendre connaissance de ce qui est écrit dans ce...

— Kate, dit-il. On va partir d'ici. Sans tarder. D'accord ? On va se rendre là-bas... Ou bien tu veux qu'on aille trouver les flics ? Tu veux entendre ce qu'ils diront ? Il faudra bien finir par aller les trouver, Kate, de toute façon. »

Le silence dura longtemps. Puis elle secoua la tête, de gauche à droite.

« Pas maintenant.

— Kate, je t'en prie, essaie de dormir un peu. »

Elle fit encore « non » de la tête.

Il faisait presque chaud, vraiment, un soleil de juillet. Le ciel était d'un bleu parfait.

Sur le fond vert sombre des épicéas, la maison se découpait toute blanche. Silencieuse. On entendait couler la rivière proche et, de loin en loin, les voitures qui passaient sur la route.

La porte de la véranda était close, ainsi que les volets des fenêtres.

« Où est-ce que ça s'est passé ? » demanda la jeune femme au visage pâle et amaigri, d'une voix cassée, presque un souffle.

Et l'homme qui la surveillait du coin de l'œil serra les lèvres, haussa une épaule, et dit : « A l'étage, je crois... »

Ils se tenaient plantés sur le chemin de terre, à quelques mètres de la maison, les yeux fixés dessus. On aurait dit qu'elle les regardait, elle aussi, sous les paupières métalliques de ses volets baissés.

Puis ils tournèrent les talons, la jeune femme d'abord, l'homme derrière elle. A cet endroit où le chemin de l'impasse rejoignait la route, un long gamin efflanqué qui jouait tout seul à faire des exercices d'équilibre sur une bicyclette laissa retomber lourdement sa roue avant, et les poignarda d'un regard cinglant. Sourcils froncés, comme écrasé par une grande inquiétude soudaine. Il n'accorda pratiquement pas d'attention à Morrican.

La salle de restaurant était à demi pleine d'une clientèle de gens de passage, principalement des hommes. Les conversations formaient un bourdonnement tranquille qui couvrait pratiquement la diffusion, en sourdine, d'un programme musical de radio.

Le patron les avait servis sans un mot — mais son accueil, à l'évidence, avait été révélateur : ce sourire à la fois commerçant et compatissant réservé à Jean-Michel quand il l'avait *reconnue*, ce regard à la fois stupéfait, désorienté, puis maladroitement stoïque, pour elle...

« Je suis venu manger ici, trois ou quatre fois », dit Jean-Michel, entre ses dents, et sur le ton d'une confession empruntée, quand ils se furent installés à la table la plus reculée.

A présent, il la regardait qui découpait sans le manger son poisson en menues portions.

Elle leva les yeux vers lui. Des yeux bruns et brillants, humides, dont le maquillage rapide ne cachait pas les cernes de fatigue. Elle eut un pauvre sourire tremblant : « Je ne reconnais même pas le village, tu sais ? J'avais... j'étais toute petite, en fait. C'était ma première colonie de vacances... Je reconnaîtrais peut-être les souvenirs que j'en ai, mais pas... mon Dieu, Jean-Michel, c'est affreux ! »

Elle laissa coula les larmes.

Et le patron du restaurant était là. Il hochait la tête.

« Vous étiez sans doute une parente proche, dit-il, tout en desservant. Sans doute... La dame est venue plus d'une fois manger chez moi, elle était sympathique et nous avions bavardé. Vous êtes sans doute une parente proche, pour lui ressembler aut...

— Sa sœur, trancha Jean-Michel. Excusez-moi, est-ce que vous auriez les journaux régionaux d'il y a une vingtaine de jours ? Je veux dire de quand s'est produit le...

— Non ! dit Kate. Non... Pas la peine. Ce n'est pas la peine, je vous assure... »

Le patron interrogea Jean-Michel du regard. Puis il hocha encore la tête.

« Quand je vous ai vue entrer, là, dit-il, j'ai eu un choc. Et ma femme aussi... Je suis désolé pour votre sœur, madame... C'est des choses horribles. »

Il s'en fut, balançant la tête.

Un type barbu coiffé d'un bonnet et vêtu d'une parka kaki, l'air plutôt antipathique, les jaugea de la tête aux pieds puis leur dit : « C'est lui, là-bas. » Leur indiquant une sorte d'olibrius en survêtement qui discutait avec des gamins à l'autre bout de la cour.

Après que Jean-Michel eut dit qui il était, et présenté Kate comme la « sœur de Catherine Tolviac », le type eut un sursaut, l'air ravi pendant une seconde, puis profondément désolé et emprunté la seconde suivante. Il voulut les faire monter chez lui, mais Jean-Michel refusa.

« Je suis simplement venu vous remercier pour le cahier, dit-il. Simplement. Nous passions par ici... Je voulais simplement vous remercier, c'est tout.

— Me remercier ? Oh ! vous savez, y a pas de quoi »,

assura Christophe. Il se gratta la tête, regardant ici et là, autour de lui, puis reprit : « C'est elle qui me l'a donné... je veux dire Aline. C'était mon amie, comme je vous l'ai écrit. Elle est venue ici, après... Avec le cahier, et alors... comme je vous l'ai écrit. J'ai pensé que ça vous revenait.

— Oui. Vous avez bien fait. Je vous remercie.

— Où est-elle ? » demanda Kate.

Christophe sursauta. Il regarda Kate. Il osait le faire, bien en face, pour la première fois, et l'ayant fait c'était comme s'il ne parvenait plus à détacher son regard du visage de la jeune femme. Il fut ainsi longtemps, la bouche ouverte, réfléchissant sans doute à la phrase qui finalement tomba de ses lèvres. « Je l'ai pas vue vraiment bien, mais vous lui... on dirait que c'est vous. Que c'est elle, je veux dire. Excusez-moi.

— Où est-elle, maintenant ? répéta Kate. Aline.

— Il faut pas lui en vouloir, madame », dit Christophe d'une voix très basse, comme écrasée par son air malheureux. « Je sais bien que c'est... mais il faut pas lui en vouloir. Là où elle est, elle en sortira jamais. Elle en sortira jamais, madame, elle a trop peur que sa sœur... vous savez... qu'elle revienne encore pour essayer de l'emporter. C'est ce qu'elle a dans la tête... »

Il baissa les yeux, enfin. Haussa mollement ses larges épaules, mit ses mains dans les poches déformées de son pantalon flottant.

« Elle a trop peur. Faut pas lui en vouloir, madame...

— Je ne lui en veux pas, dit Kate. Je vous assure. Mais je voudrais... la voir. C'est tout. Vous comprenez ?

— Je sais pas... » Christophe se reprit : « Je sais pas si vous pourrez. »

Jean-Michel était blême.

Il n'avait pas voulu laisser le volant de la voiture louée à Kate. C'était un trajet d'une cinquantaine de kilomètres et il y avait à franchir le col séparant les Vosges de l'Alsace. Kate n'avait pas insisté.

Elle avait sagement bouclé sa ceinture et se tenait droite à côté de lui. De toute le temps qu'ils roulèrent, elle ne dit rien. Sauf une fois, alors que, précisément, ils venaient de franchir le sommet du col et redescendaient sur le versant raide du département voisin.

« Alors, c'était bien moi, Jean-Michel. C'était bien *elle*, et elle a su faire en sorte de ne pas laisser de traces. Elle a presque réussi son coup, n'est-ce pas ?... Elle recommencera. »

Elle tourna son regard vers lui, qui conduisait en serrant les dents, et répéta dans un souffle : « Elle recommencera, *Étienne.* »

Avant de se mordre la lèvre jusqu'au sang.

Quand Aline Bihrlinger, assise sur son lit, dans l'angle de la petite chambre blanche, leva les yeux sur elle et la vit, l'épouvante s'incrusta aussitôt dans ses traits. Elle hurla. Elle se tassa sur elle-même et hurla.

« Allons, venez », dit l'infirmière.

Elle les poussa hors de la chambre, tandis que la jeune fille terrorisée hurlait à en perdre le souffle, criant des bouts de phrases, criant qu' « ils l'avaient laissée passer », hurlant, criant, râlant.

Kate se laissa entraîner dans le couloir.

« La malheureuse », dit-elle d'une voix bizarre, sur un ton à la fois détaché et sincèrement compatissant.

Souriante.

Comme quelqu'un qui a longtemps cherché et finalement trouvé.

Souriante.

Achevé d'imprimer en avril 1991
sur les presses de l'Imprimerie Bussière
à Saint-Amand (Cher)

N° d'Édition : 3518. N° d'Impression : 1280.
Dépôt légal : mai 1991.
Imprimé en France